冷徹王太子は初恋の聖女を花嫁に迎えたくてたまらない

〜"形だけの結婚"と聞いてましたが!?〜

木登

Vanilla文庫

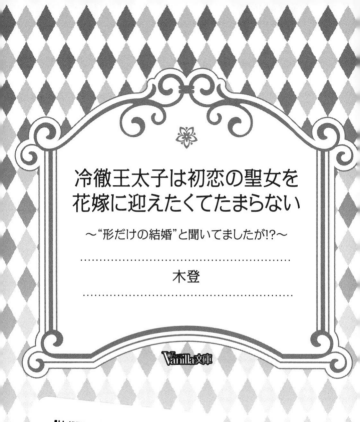

CONTENTS

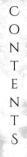

イラスト／KRN

プロローグ

昔むかし。それはそれは美しく豊かに花が咲き乱れる天上で、花の女神・アイリスは花冠を作った。

情熱的な愛を表す薔薇《ばら》、純潔無垢の白百合、美しさのアマリリス、幸福のかすみ草……

それぞれ意味を持つ綺麗な花を巧みに編んだ素晴らしい花冠。

そばでその技巧をぽうっと眺めていた女神たちはとても欲しがった。

自分の頭に載せたら、さぞかし美麗で映えるだろう。なんせ天上は美男美女だらけで、逆に言えばひとつ抜き出たものがなければ目立てないのだ。

ただし、花冠はひとつきり。

花冠はアイリスの手からかっさらわれ、女神たちの手から手へ取って取られてと、まるでボールのように頭の上を跳ねている。

そのうち花冠は、ぽーんと宙に小山を描いて地上へ堕ちていってしまった。

アイリスが花冠の行方を見守っていると、乾いた風が吹くばかりの地面へ着地した。

花冠はすぐには枯れることなく、そのうち地に細々ながら根を張りだした。

驚いたのは、アイリスだ。

地上では枯れて朽ちると思われた花冠が、大地に根を生やしたからだ。

アイリスは聖なる泉から手のひらでひとすくいの水を汲み、花冠の上へと落とす。

すると、たちまちに地上は輝くばかりの緑に覆われた。

また、ひとすくい落とす。すると、その水は深く広い海になった。

こうして緑の大地と、豊かな海ができ上がった。

やがてそこに少しずつ動物が集まり、次第に人々が暮らす豊かで美しい国となった――。

一章

スタイン伯爵のひとり娘の私、サヤ・スタインが生まれ育ったアイリス国は、花の女神様が創った国だと言い伝えられている。

長い月日の中で緑は多少失われてしまったが、人々の生活を支える海は健在だ。

アイリス様は偶然お創りになった国を今でも天上から見守り、その証にと百年にひとり、アイリス国に生まれた少女の体に『花の痣《あざ》』を咲かせる。

『花の痣』を持つ少女は国から聖女と呼ばれ、アイリスから国の繁栄を約束する加護の力を与えられる。

アイリス国で生まれた人間なら誰もが知っていて、アイリス国の女の子なら一度は密かに自分がもし聖女だったら……と夢を見る。聖女になった女の子が国の危機を救う夢のような物語もたくさん生まれ、それを自分と重ね合わせて思いを馳《は》せるのだ。

……でも、私はそうした夢を描くことは一度もなかった。

私の将来の夢は、アイリス国で外務大臣を務める父の補佐をしながら、一緒に海の向こうへ行くことだ。

大きな船に乗って海を渡り、他国語でコミニュケーションをはかって外交を進めていく。

尊敬する父の背中を見て、自分もそんな風に働いてみたいと思っていた。

父はもの静かで優しく、誰に対してもまず話を聞く姿勢から入る。聞き上手で、こちらがつい何でも話してしまいたくなってしまううえ、話も面白く上手だ。

大好きな父からの話でしか聞いたことのない知らない国を自分の目で見て、空気を吸い、五感いっぱいで雰囲気を味わいたい。そしていつか、視察の途中で訪れた小国で父が熱病にかかった時、必死に看病してくれた王族の方々に、直接お礼を伝えたいと願っていた。

これも、大切な夢のひとつだ。

父はその時に生死の境をさ迷ったが、王族の方々が手を尽くしてくださったおかげでアイリス国に帰国することができた。

……ただ、その小国はのちに隣国から侵略を受けて消滅し、王族も行方知れずになってしまったらしい。

父は今でも行く先々で、あの時に助けてくれた王族を探している。私も、何か役に立てることがあればと強く思っている。

しかし、今時点でそんな風に国政の一部を担う重職に女性は就けてはいない。国の政《まつりごと》は王族と貴族の男性たちだけで、長く執り行われているからだ。

『女の子には少し難しいよ』なんて父は柔らかな言葉を使い困った顔をするけれど、その第一号――海を跨《また》ぎ国を繋ぐために働く女性に、私がなればいいだけの話だ。

ただ、女の子に生まれただけ。

それだけで、どうして『難しい』と決めつけられてしまうの？

しっかりと勉強すれば、女性だって国を支える仕事ができる。

結婚して子供を産むことが女の一番の仕事だと母は言うけれど……そうでない道もある。それを私が証明したい。

そうしていつか、父を助けてくださった方々を探し出して恩返しをしたい。

たくさんの本を読み、数人の家庭教師から語学とマナーをみっちり学び、元騎士団所属だったという剣の先生から護身術も教わり、徹底的に身につけた。

さらに剣術も学びたかったけれど、これは母から泣いて止められてしまった。

まずはケガなどしないように、そしてスタイン伯爵令嬢として品位あるよう振る舞って欲しいのにと泣きつかれてしまった。

貴族の出身で、幼い頃から淑やかで女性らしい行動をとるよう厳しく育てられた母には、私はまるで野生児のように見えるらしい。

けれど淑女らしくしていたままでは、到底父には同行させてもらえない。いかなる時も自分で考えて行動し、責任が取れるようでなければ海の向こうへは行けないと父は言った。

だから私は、まずは自分の身は自分で守れるようにならなければならないのだ。


——そんな夢に向かって爆進していた、十五歳のある晩。

胸元が突然火でもつけられたようにカッと熱くなり、慌ててベッドから飛び起きドレッサーの前で、寝巻きの首元をぐいっと引き下げた。

鏡に映るのは、汗をかいた額に張りつく、母譲りの長い赤髪、熱でほのかに色づいた色白な肌。

そして——。

赤みがかったルビー色の大きな瞳は、ある一点を捕らえた。

露《あら》わになった胸元には、白いエーデルワイスの形の痣が浮き出ている。

「何……これ……」

最初は、高熱が見せる幻かと思った。

目を凝《こ》らして、もう一度よく見てみても胸元の痣は浮いたままだ。

恐る恐る指で触ってみるも、浮き出た感触に慌てて手を引っ込めた。

そうっと擦《こす》っても、思い切って軽く叩いても消えない痣を、鏡越しにひとり凝視する。

「——これって、まさか……聖女に現れるとされる……痣？」

そう声にしてみると、目の前が徐々に暗くなる気がした。

——どのくらい時間が経っただろうか。

頭では、エーデルワイスの意味を思い出そうとしていた。

「確か、エーデルワイスの花言葉は……勇気」

アイリス国では花言葉は、子守り歌くらい国民に浸透している。それくらい、アイリス様の創られたこの国を大切にしているのだ。

だけど……だけど。

「夢か……何かの間違いだわ。きっと朝には消えてるよね？　私、見てないので、本来の聖女になる女の子に痣を返してあげてください……！」

神頼み、アイリス様頼みを必死にしながら、私はひたすら胸元の熱が消えることを祈った。

夜が明ける頃。胸元から熱さも白い痣も消えていて、心底ほっとした。

安心して泣きもした……のに。

その後すぐに、白いエーデルワイスの痣は私の感情が昂ると浮いてくることがわかった。

初めてお見合い話が舞い込んだ時、私は必死になって『結婚はしたくない』と泣いて両親に懇願した。その夜に、痣は再び胸元に現れたのだ。

やっぱり、痣は夢でも間違いでもなかった。

突然のしかかった重責と、自分の夢が決定的に潰えたことを思い知り、泣き崩れた。

アイリス国の聖女は、国の繁栄のために祈り続けることが仕事だと聞く。他に仕事を持っていたなんて聞いたことがない。

努力してきたことが水の泡になって、手のひらの上で弾けていくようで恐ろしくなる。

……だけど、幸いなことにまだ痣は誰にも見られてはいない。

浮き出た痣は、親などの近親者、または本人が神殿に申告し、神官に認められて初めて『聖女の痣』と認定される。

百年に一度、アイリス国に現れる聖女様。

そうだ……そろそろ前聖女様が現れてから百年が経とうとしていた。

しかし――。

あくまでも自己申告制なので、このまま誰にも知られなかったら……私は夢をまだ追えるかもしれない。

だって、この痣の存在は私しか知らない。あの夜から誰にも見せていないのだ。

――このエーデルワイスの痣は、一生隠して生きていく。

聖女出現を待ちわびる人々への申し訳なさ、罪悪感もあったけれど、夢はどうしても諦め切れない。

それに聖女になった女の子は、必ず王族の伴侶となるという決まりが古《いにしえ》からある。聖女を他国に奪われないため……なんて理由もあるらしい。

私が痣を誰にも知られたくないのは、それが原因でもある。

「結婚なんてしたら、それこそ自由に何もできなくなってしまいそう……っ！　国の繁栄は一生懸命、ここから一生祈ります、頑張って人の倍は働きます！　ひとりで！」

だから、どうしても……！　私の胸元に浮かんでは消えるエーデルワイスを、これから死ぬまで誰にも見られてはいけないのだ。


あれから三年の月日が経ち、私は十八歳になった。

毎朝、日の出とともに目を覚まし国の繁栄を部屋でひとり祈り、眠る前には一日の感謝を込めてまた祈る。聖女が現れないと不安に思ってしまう人々は、少なくないだろう。ごめんなさいと、その人々のためにも祈る。

地味に目立たないよう、生きている。

日常生活を送る中では痣は一切浮かばず、ただ何もない白い肌が見えるだけだ。

このまま消えてくれていたらいいのにと思ってしまう。

でも、感情が昂《たかぶ》った時などには浮き出てくるので、万が一にも痣を人に見られないようにと、あれから着替えや入浴も自分で済ませるようにしている。

最初にそうしたいと強く申し出た時、こちらも必死だったが両親もかなり戸惑っていた。親の立場になって考えれば、娘が突然そんなことを言い出したら心配するに決まっている。

親にも言えないことが起きてしまったのかと、母などは美しい顔を青くさせて父にすがりついていた。

父からは何かあったのか？と問われて、私はまず母が恐れているような乱暴されたなどの事実はない、とはっきり否定した。

かかりつけ医を呼ばれ問診され、『身体の変化に戸惑う思春期特有のもの』という診断が下った。

それからは両親公認のもとで、侍女の手伝いを借りず、着替えと入浴は自分で済ませる日々が続いている。

年若いのに胸元のあいたドレスを一切着ない私に、『センスがない』『きっと人には見せられない醜い傷跡でもあるんだろう』なんて声が陰で飛び交っていると聞く。

顔も隠れるように前髪を伸ばし、お茶会などに招待されてもあれこれ理由をつけて人との接触を断っていた。

しかし父はこの国の外務大臣。しかも世界を股にかける大商会も持っており、母方も貴族だ。いくらセンスがダサかろうが、酷い傷跡が身体にあるかもしれなかろうが、後ろ盾にするにはそこそこ十分な家柄だ。

婿養子にでも入れれば、将来は伯爵位を継げる。ひとり娘を嫁にもらえば、自分の生家よりは太い実家からの支援で、今よりは多少贅沢に暮らせるかもしれない。

そんな思惑で、爵位を継げない次男、三男の貴族令息や、子爵家、男爵家から、見合いの話が日々舞い込むようになっていた。

私はそれを断固拒否する日々が続く。

両親も娘が嫁に行かないことにまだ本気で困っているわけではないので、『わかった』と言って今は引いてくれてはいる。

我が家が少しでもお金に困っていたなら、条件のいい相手のところへ私はすぐに嫁がされていただろう。

私が強気で見合い話を断れるのには、同じく夢を追う友人ふたりの心強い存在もあった。

アイリス国での上級貴族カーネリア伯爵の三女、ミランダ。同じく、コリン伯爵の四女、カーラ。

ふたりは私と同い年で、屋敷へ来てくれる同じマナー講師の生徒だった。

『わたしの生徒たちは、変わった子ばかり』と嘆く先生の言葉に私は何かを感じ、ぜひ会いたいと頼み込んで屋敷で一度お茶会を開いた。

痣が現れてから人付き合いを避けていた私は、同世代の友人に飢えていたのかもしれない。正直に言えば、やはり少しは寂しかったのだ。

細心の注意を払い、緊張に呑み込まれそうになりながらお茶会に挑んだ。

私たちは最初はよそいきの顔をしていたけれど、やってみたいことをぽつりぽつりと話し始めたのをきっかけに、一気に話に花が咲いた。

ふたりは私に事情があることを察してか、地味なドレスを着続けている理由を一度も問うことはなかった。

お互いの顔色や雰囲気から察して、ズカズカと踏み込んでこない。聞かない、話してくれるのを待つ……この姿勢が同じだったことで、三人はすっかり仲良しになった。

今日は私の住まう屋敷で、お茶会という名のいつもの秘密の会合だ。

麗らかな春の訪れ。

庭は職人の手で端正に手入れされて、冬の間に土の中で眠っていた植物たちが一斉に芽吹く。

その輝きを眺めながら、淡い陽射しの下で有名な詩の本を嗜み合う……ふりをして、私たちは一番興味があることをコソコソ語り合うのを楽しみにしていた。

何かあったらすぐに呼ぶからとメイド長に約束し、人払いをした。最初はとても心配されたが、そのうちに悪いことをしているわけではないとわかってくれた。

彼女たちの仕事を奪ってしまって申し訳なく思うが、誰にも聞かれず私たちだけでのびのび話したいことがたくさんあるのだ。

庭にセッティングされたテーブルに、我が家の料理人が腕によりをかけたケーキや焼き菓子が並ぶ。

私は父からお土産《みやげ》にもらった海の向こうのお茶を、花の描かれたカップに注ぐ。

少し癖があるが、花のいい香りがふわりと鼻腔をくすぐる茶葉だ。爽やかな薄緑のこのお茶は、私たちの秘密の会合だけで淹《い》れる。

柔らかな春の風が吹くと心が浮き立ち、足が地面からぴょんっと跳ねてしまいそうだ。

私たちは顔を見合わせて小さく笑う。

示し合わせたようにお茶をひと口飲み、これを合図に心にかけている鍵を開く。

「……わたしね、長年温めていた物語をついに書いてみることにしたの。恋のお話よ……夜に侍女を部屋から下げたあと、鍵付きの引き出しから紙束を出して……最初の一文を書き出すのに、一時間もかかってしまったわ」

早速切り出したのは、自分が考えた物語を本にしたいという夢を持つミランダだ。下ろした綺麗な栗毛から覗く耳が赤くなっている。

「……すごい、ついに前進ね！」

そう興奮気味にカーラは声を上げて、ミランダを称えた。

「でも、心が震えないというか、その最初の一文に心が惹きつけられなくて……。まるでひと目で恋に落ちて摑《つか》まれるような、そんな最初の文が書きたいのに。だから今夜も書き直すわ」

ミランダはふうっと息を吐いて、今の状況を教えてくれた。

「第一歩を踏み出したなんて、素晴らしいわ。考えているだけなのと、実際に文章を書き出すのとは違うのでしょう？　私は手紙を書くのにも四苦八苦してしまうし、物語は楽しむ側で綴《つづ》ったりはできないもの」

本を読むのは好きだけど、自分で新たな物語を考え表現するなんて私には無理だと伝える。まず、言葉どころか元になる物語の欠片《かけら》さえ湧いてこない。

するとミランダは、ニコッと笑って言葉を紡《つむ》いだ。

「物語を楽しむ人がいてくれるから、本は長く息ができるのよ。人の人生は一度きりだから、きっとこの世にたくさんの本が生まれたの。本の中で色んな人生を体験するためにね。でもまず本が読める、本が好きってだけでも才能だと思うわ」

色々な人生を体験できるのが、本――。

そんな風に考えたことなんてなかったので目から鱗が落ちる。

「素敵ね……やっぱり何か書きたいって思ってる人の言葉は違う。ちなみに、どんな恋の物語を書こうとしてるの？」

ミランダは改めて辺りを見回して、赤い顔でこそりと私とカーラに小さな声で教えてくれた。

「モグラに姿を変えられた王子様と、生き物が好きな変わり者令嬢との夢みたいな恋のお話よ」

モグラに変えられた王子様、あの小さな生き物と令嬢の恋物語。想像力のあまりない私にはどんなストーリーなのかがまったくわからない。

うちの庭にもモグラは出るらしいけれど、話に聞くだけで本物の姿は見たことがない。

茶色で小さくて大きな足で土の中を進み、草花の根を切ってしまうから困ると聞いている。

庭師を困らせるモグラ。その姿に変えられてしまった王子様。

どうしてそうなったのか理由を知りたい気持ちが、どんどん湧いてくる。

「ち、ちなみに、最初の一文を教えてもらうことはできる？」

「いいわ。えっと……『この子を食べたら、私はこの国で一番最初にモグラを食べた人間になるかもしれない』っていう出だしなの。令嬢は生き物が好きだけど、同時に未知の食材にも貪欲という意外性を持たせてみたのよ」

生き物が好き、だけど同時に食に貪欲。まるで正反対に思える特徴を持ち合わせる令嬢と、モグラに変えられた王子様。まず出会いから気になりすぎる。

最初の一文の雰囲気だと、すでにモグラの王子は令嬢に捕まっているのかもしれない。うごめく茶色の小さな生き物を見て、令嬢は食の興味を満たしたいと考えていて……。

「ミランダ！　さっきは最初の一文に惹きつけられないってあなたは言っていたけど、私は今ものすごく興味をそそられてる。確かお父様が海外でモグラ料理の話を聞いたと言っていたわ。濃い味付けで煮込んだりするって」

「本当に？　わ、実際にそういう料理があるなら物語に信憑性が出てくる！」

聞いていたカーラが、ずいっと身を乗り出した。

「わたくしも興味があるわ！　そのお料理は、一般的に食されてるものかしら？　それとも珍しい滋養料理なのかしらね？」

目を輝かせるカーラはお料理が大好きで、ご両親に反対されたり叱られたりしながらも隙をみては台所に立っているのだという。

夢は平民も貴族も平等に食を楽しめる場所を作ること。でも家では変わり者だと言われ疎まれ、遠く離れた辺境の伯爵とのお見合い話が進んでいるらしい。

『わたくしは三男四女の末っ子だし、体のいい厄介払いよ』と、カーラは寂しげに言っていた。

そのカーラは薄っすらそばかすの浮いた可愛らしい顔を上気させて、モグラ料理について知りたいと興奮している。

私はミランダやカーラのために、何か協力したかった。

「じゃあ、今夜お父様にしっかり聞き取りしておくわ。久しぶりに早く帰ってくるってお母様が言っていたから会えるはず」

「お忙しいのね、やっぱり城での夜会の準備のため？　わたくしの父も忙しくしているわ。母も先月から屋敷に仕立て屋を呼んで姉様たちとキャッキャしてる」

「わたしのところも。宝石商が何人も連日やってきているわ。サヤにももちろん、招待状が届いているでしょう？」

無言で頷《うなず》く。私の屋敷にも、実は仕立て屋が出入りしている。少し前には、母親と新しいドレスを作る・作らないで大騒ぎした。

上級貴族スタイン家の令嬢として、華やかで流行りのドレスを身にまとう義務みたいなものがあることは理解している。

いつまでも似たドレスをアレンジしながら着回しているから、スタイン家の経済状況は傾いているのではないかと、あらぬ噂も立ったことがあった。

そんなことはまったくないのだと噂を払拭するには、国一番の仕立て屋を呼んで最先端の流行りのドレスを作ってもらえばいい。

しかしそのドレスを仕立てるためには、肌着越しとはいえ胸元を人に晒《さら》さなければいけないのだ。

万が一、その時にエーデルワイスの白い痣が浮かんでしまい見られてしまったら……。

それを考えると、ダサいと言われても痣が浮かぶ前に仕立てた胸元が隠れるドレスを着るしかない。胸元が以前より育ち少々苦しいけれど、ドレスを直すにも採寸されたくないのだから仕方がない。

だから私は、着飾るのは私ではなくお母様がスタイン伯爵夫人として、そういった流行りのドレスを新調すればいいと提案した。

母は若くしてスタイン家に嫁いできて、私を十八歳で出産した。まだまだ肌艶が良く、元来の美しさも年を重ねてさらに深みを増している。

さすが、アイリス国一番と称えられた美貌だ。

『お母様、私たちは並べば姉妹のようだとよく言われるでしょう？　それに娘の私よりもずっと肌も白くて綺麗だし……きっと流行りのドレスも似合うわ』

母はあらっとまんざらでもない表情を浮かべたあと、『話をそらさないの！』と正気に戻ってしまった。

話し合いは平行線を辿り、流行りのドレスには無頓着な父がその場を収めた。が、私は母が私の提案にちょっと嬉しそうな顔をしていたことを、父にこっそりと伝えた。

翌日から仕立て屋が屋敷へ出入りし、母のドレスを新調するために忙しくしている。

私たちは顔を見合わせて、はぁっと盛大にため息をついた。

「夜会……あれは若い上級貴族たちのお見合いの場なのよね。家同士の縁を作る場でもあるけれど」

「それに、今回は王太子様のお妃候補選びも兼ねているらしいわ。そろそろ新たな聖女様が出現してもおかしくないんだけど、そんな話もまったく聞かないでしょう？　聖女を待っていたら、王太子様の結婚がいつになるかわからないかもしれないものね」

心臓が激しくドキリと脈打つ。喉が詰まったように苦しくなり、私は冷め始めたお茶をぐいっと飲み干した。

「そ、そうね。もしかしたら、このまま現れない……ってこともあるかもしれないし。王太子様は早めにご結婚されるのがいいと思う」

あはは、と乾いた笑いでやり過ごす。

「聖女様が現れなかったら、王太子様のお妃にはどんな人が選ばれるんでしょうね。あの光を受けて輝く銀髪、力強い青い瞳に高い鼻梁、引き結ばれた唇……！　あんなに素敵な男性、少なくともアイリス国では見たことがないわ」

ミランダが身振り手振りを交えて、瞳をキラキラさせる。カーラもうん、うんと強く頷き、私は背中に汗をどっとかいていた。

王太子様は私が今、会いたくない王族の中の筆頭だ。

アイリス国の第一王子であらせられる、ノーベルト・オルタ様。ご年齢は二十四歳。国中の女の子から『天上からアイリス様が地上へお遣わしになった愛し子』なんて言われるほど、姿形が整っている。

それはもう、王太子様が自ら天上から地上へ落ちてきたとおっしゃれば、疑う人はまずいないだろうと断言できるほどだ。

あのサファイアに似たどこまでも澄んだ瞳で見つめられたら、疑う気持ちも一瞬で霧散するだろう。

……ただ、非常に取っつきにくい印象がある。

一度だけ、国賓を招いた舞踏会が城で開催された時に、どうしても断れなくて父に連れられ王太子様にご挨拶をしたことがあった。

十六歳、痣が現れてから一年後のことだ。

握った手のひらに汗をぐっしょりかきながら、私は王太子様に初めてご挨拶をさせてもらった。

長く伸ばした前髪の隙間から、その端正なお顔が見えた。

長身で息を呑むほど美しい王太子様を前に、私は自分の流行遅れのドレスやパッとしない容姿に一瞬尻込みする。

綺麗な人と自分を比べたいわけではなく、この美しい人に哀れみに似た感情を持たれたくなかったのだ。

目立たぬよう地味に生きているのは、諦めたくない夢のため。卑屈にならないよう、自分に向かって心の中で言い聞かせる。

緊張からか、ドレスの下で胸元がチリチリと熱く痛む。その感触で、まさに今、痣が浮き出てきているのがわかった。

顔面蒼白になる。表情が硬くなり、隣で話をする父の声が遠くに聞こえる。

王太子様の非常に整った顔はニコリともせず、射抜くような青い瞳が私に向けられた。

冷静沈着、クールとは聞いていたが、強面で表情からはまったく感情が読めない。

その王太子様が、薄く形のいい唇を開いた。

『……清浄な、花の香りがする』

そう言われ、かすかに爽やかな香りが自分の胸元から漂っていることに気づいた。

こんなことは初めてで、頭が真っ白になってしまった。

心臓はドキドキしすぎて、弾けてしまいそうだ。

一気に血の気が引く。

父には香りはわからないようで、『え？』と不思議がった。

幸いなことに王太子様に挨拶をしたいという貴族は山ほどいて、父は空気を読んでスムーズに会話を切り上げた。

私たちのあとに挨拶をした貴族は、王太子様に聖女との結婚について聞いていた。

聖女が現れたら、王太子様が娶《めと》るのか――と。

王太子様は、すぐに答えた。

『聖女がもし現れて娶るとしても、それはかたちだけの結婚だ』

……目の前が、真っ暗になった。

アイリス様の加護を受けた聖女を、結婚というかたちで国で囲っておいて……。

ちっとも愛してもらえなそうな結婚……。

貴族の結婚も似たようなものだけど、こう、はっきりと聞くと心が抉《えぐ》られるものがある。

でも、私だってとても大事なことを隠して逃げているのだ。王太子様を責める資格なんてあるわけがない。これからは、なるたけ顔を合わせないようにするのがお互いのためだ。

私は父の腕に手をかけ、その場をあとにしようと無言で急《せ》かす。

ふと、強い視線を感じた気がして振り返る。

貴族と会話を続けている王太子様は、そちらではなく……私をただじっと見ていた。

ドキリ――。

気まずさとはまた違う胸の高鳴りに、私は知らないふりをしてサッと目をそらした。

王太子様は、私から何かを感じているようだった。王族だから、聖女の痣を察知する力がある……？

これはまずいと、私は王太子様には近づかないよう、これから一層気をつけなければと心を引きしめた。

それからは招待されるお茶会にも舞踏会にも極力顔を出さず、屋敷で文化や語学の勉強に励んでいる。

しかしあの王太子様に会うかもしれない夜会に、近日中に出席しなければならないのだ。とても気が重く、同時に腰も重くなっている。ついでに、『かたちだけの結婚』と言っていたことに、例えようのない複雑な思いがふつふつと湧いてくる。

「……夜会で、私たちまた三人で集まりましょう」

楽しい約束で何とか気持ちを紛らわせて、重い腰を上げる作戦だ。

「そうね。わたしはまだ結婚相手を探すつもりなんてないから、創作の描写を高めるために城内をしっかり目に焼きつけたいわ」

「わたくしは辺境へ行く前に、城の料理人たちの手がけた最高のお料理を楽しみにしているの」

私たちは、ふふっと笑って目を合わせる。

令息たちと挨拶をさせようとする親たちの目からどう逃げ回るか、なんて話をしたら楽しくなってきた。

「じゃあ、夜会ではお城見学とお料理を楽しむことに注力しましょう！　必要最低限のご挨拶が済み次第、さりげなく集合よ」

そう誓い合い、誰も見ていないことをいいことに、ケーキをお行儀悪く頬張った。

アイリス国の王城は、王都や海が見渡せる丘の上にそびえ立つ、威厳ある白い巨城だ。

海に面したアイリス国は昔から外国との交流や貿易が盛んで、視察団などをいくつも同時に招待し、各国が交流をはかれるよう城を大きな造りにしたそうだ。

やや乾燥地帯に属するアイリス国の主な輸出品はワインで、辺境には葡萄畑が遙か地平線いっぱいに広がっている。

それと同時に造船業も強く、アイリス国の造船技術は目を見張るものがあると言われる。

商船から軍艦まで造れるのは、国内でほぼ原材料の調達ができ、製鉄所を持っていることに加えて、職人育成に力を入れ続けているおかげだ。

そんなアイリス国の王城の広大な敷地には、アイリス様を祀った、花が咲き誇る神殿や礼拝堂、霊廟などが存在している。

緑豊かで常に美しく整備され、国民の心の拠り所になっている。

私はあまり王城には近づきたくないのだけど、夜会の日は滞りなくやってきてしまった。

屋敷では侍女やメイドたちが朝から忙しなく動き回り、母や私の支度のために働いてくれている。

お昼を過ぎた頃。

いつも通りひとりで湯浴みを済ませ、ガウンをぴったりと着てドレッサーの前に座ると、侍女が三人がかりで準備を始めた。

「お嬢様、今夜はとびっきりおしゃれをして行きましょうね」

「えっ、いつも通りで大丈夫よ。誰かとダンスを踊る予定もないし、多分日付けが変わるよりもうんと早く帰ってくるもの」

侍女の瞳が、きらりと光る。

「何言ってるんですか。あの王太子様も参加される、国王主催の夜会なのですから。今日だけはお嬢様の魅力を十二分に引き出すようにと、奥様から言いつかっております」

私は、うっと言葉に詰まる。

思春期はとっくに終わった歳なのに、まだ見守ってくれている両親には頭が上がらない。だから……〝今日だけは〟と言われてしまうと、断れなくなってしまうのだ。

「あんまり、目立たないようにしてね」

「それは無理なお話です。なんせお嬢様は奥様によく似た綺麗なお顔立ちですもの……ああっ、腕がなります！」

丁寧に髪をブラッシングしてくれる侍女が、嬉しそうに張り切っている。

手足に保湿クリームを塗り込んでくれていた侍女二人が、一度部屋から出てドレスを手にすぐに戻ってきた。

冷たい薄氷を思わせるような、清らかな水色のドレスを不思議に思う。

「ドレス、いつもと違う？」

ドレッサーの椅子から半身をひねり、侍女が用意してくれたドレスを見る。

「ええ！　奥様がお嬢様に新しいドレスをと。お嬢様のお召し物から仕立て屋が寸法出しをして、胸や腰周りの寸法を変えて仕立てたそうですよ」

侍女たちは嬉しそうに、私によく見えるよう大事にドレスを広げて見せてくれた。

首元まで隠す詰襟のデザイン、トップが細身なぶん、腰から下は贅沢なドレープ感でボリュームが出ている。何より詰襟からドレスの裾まで繋がった、縦の金刺繍がとても美しい。これは詰襟だからこそのデザインだ。

「わ……、すごく素敵……！」

椅子から立ち上がり、ドレスに近づき間近で見て、その布地に無数の小さなクリスタルが縫いつけてあるのに気づく。

光を受けた氷が煌めくように、ドレープが揺れるたびにクリスタルの粒が輝く。

「奥様がお嬢様のために、布地から仕立てを依頼していたそうです。縦を強調したデザインは異国のもので、アイリス国では初めて取り入れたそうですよ」

そう教えられ、父からお土産でもらった異国の本の中で、似た正服があったことを思い出した。

あれは確か砂漠の国で、暑気払いにわざわざ牛乳と砂糖をたくさん入れた熱いお茶を日常的に飲む国だった。

金色は高貴な色ということで、金刺繍がふんだんに施されていた。本の挿絵は白黒だったけれど、精密な刺繍の絵に目が釘付けになったのを覚えている。

デザインは違うがあの流れを組んだ金刺繍が、目の前に現れたのだ。

「素敵で言葉が浮かばないわ、ああ……どうしよう」

じわ、と目頭が熱くなる。そっとドレスに触れてみると、嬉しくてぽろりと涙がこぼれてしまった。

「そのままの気持ちを奥様や旦那《だんな》様にお伝えになったら、お喜びになられますよ」

「私、新しいドレスはいらないってお母様と言い合いになっちゃってたの。いい歳になったのに言うことを聞かない、可愛くない娘なのに……」

「そんなことはありませんわ。お嬢様は、旦那様と奥様の一番愛おしいお子様です」

侍女たちの言葉に勇気づけられる。せっかく用意してもらえたのだから、今夜だけでもこのドレスを着て両親の喜ぶ顔が見たい。

「……ありがとう。支度、お願い」

侍女たちは「はい！」と気持ちいい返事をしてくれ、まずはドレスをと一旦部屋から出てくれた。

私はガウンを脱ぎ、下着を整えコルセットを付けてドレスに袖を通した。

頃合いを見て侍女たちが部屋に戻り、開いたままの背中からコルセットを締め上げ、ドレスを留めてくれる。

そこからはもう、侍女たちの連携作業のなせる技に身を任せた。

――小一時間後。

鏡の中には、今まで見たことのない自分がいた。

長い前髪はセンターで分けられ、繊細な額飾りがまるいおでこで輝いている。

下ろされた髪は、香りのいい香油を薄くよく馴染ませられて艶々だ。

しっとりと透き通るような肌に、頬は赤ちゃんのようにほんのり赤みが差している。眉と目は特に念入りにお化粧が施され、自然に見えるのにさりげなく印象が強くなっている。

唇には、薔薇の花弁のような柔らかい色が載せられた。

私の最初の希望も聞いてくれたようで、決して派手ではない。けれど実際に自分の顔なのに目を引かれるような仕上がりで、鏡に釘付けになってしまった。

ドレスもサイズが合っていて苦しいところなどない。

「お嬢様、いかがでしょうか？」

「自分なのに、自分じゃないみたい。ふふ、いい記念になった」

今までは誰かに会うわけではないからと、お化粧も軽めに済ませてもらっていた。

それでも日に焼けた跡が残ったりしないのは、日々のケアを手伝ってくれる侍女たちのおかげだ。

「今日だけでなく、毎日こうやってもっとお世話させてください！　お嬢様は奥様に似てとても綺麗なんですから、もったいないです」

「じゃあ、今度庭でお茶会をしない？　皆もドレスを着て、私は流行りに疎いから話だけでもゆっくり聞いてみたいわ。その時に、また支度を手伝ってもらえる？」

侍女たちは男爵家出身の令嬢で、行儀見習いとして屋敷に来てくれている。普段は侍女服姿しか見たことがないので、皆のドレス姿が楽しみだ。

「いいんでしょうか、嬉しいです！」

三人とも喜んでくれて、私も嬉しくなる。きっと今日のために、三人でどう支度を進めるかたくさん話し合ってくれたのだろう。

そのお礼を兼ねたお茶会に招待する約束をして、私はこの姿を見せるために両親の元へ向かった。

両親はとても褒《ほ》めてくれて、私も素直にドレスのお礼を伝えられた。


太陽が夜の底に落ちる頃、両親と私は屋敷を出発し王城へ向かう。

暗闇に浮かぶ白亜の巨城は、着飾った貴族たちが行き交い賑やかだ。遠くから馬の嘶《いなな》きが、そして城からは楽団が奏でる音楽が漏《も》れ聞こえてくる。

今までこういった集まりにはあまり参加せず、ダサいと陰口を言われていたのを知っている。

はぁっと息を吐いて顔を上げると、夜の空には満月と幾万の星が瞬いていた。

「サヤ、大丈夫？」

母が私の緊張を感じ取ってか、声をかけてくれた。

「うん、大丈夫。ちょっと緊張してきただけ。でも中でミランダとカーラと会えたら、お話しましょうって約束してるの。それが楽しみ」

「今回の夜会は本来はお見合いみたいなものだけど……まぁいいわ。サヤのその姿が見られただけで今回は大収穫よ」

その私の姿だけど、さっきからチラチラと色々な人に見られている気がする。

前なら気にしてしまったけれど、今夜の私はいつもと違う。それに、背筋を伸ばし堂々と歩く、母という最高のお手本がそばにいるので緊張しつつも心強かった。

夜会が開催されている大広間は、まさに豪華絢爛《けんらん》だった。

三階まで吹き抜けた天井には、隅々まで草花が描かれ金箔で装飾が施されている。

クリスタルのシャンデリアがいくつも贅沢に連なり、柱は精密な彫刻で飾られている。

壁には歴代の国王の肖像画が並べられ、立派な調度品が並んでいる。

何十人もの楽団員が音楽を奏で、中央ではすでにダンスを楽しむ貴族たちで溢れていた。

ターンのたびにふわりとボリュームのあるドレスの裾が回転して、まるで花たちがくるくると踊っているような光景に目が釘付けになった。

まるで夢みたいだ。何もかもがキラキラしていて、あちこちから談笑が聞こえ、貴族が夜会や舞踏会を好む気持ちが少しだけわかった。

私たちに気づいた貴族たちから、一斉に視線が集まる。堂々と歩く両親の後ろから、私もついていく。

視線が母に集まるのはいつものことだけど、今夜は私も見られている。

きっとこの素敵なドレスのせいだ。ドレスに恥じぬよう下を向かず、目が合った人々に微笑みで返すと小さく歓声が上がった。

「わ、笑われちゃった……？」

「違うわ。サヤに反応してもらえて喜んでるのよ。声をかけられて、楽しい会話ができるといいわね」

「私がうまく話せる話題……護身術の話なら何とかいけるかもしれない」

「……まぁ、もしかしたらひとりくらい喜ぶ令息がいるかもしれないけど、無難に天気の話でもしときなさいな」

すっかり夜の帳《とばり》が下りたこんな時間に天気の話なんて変だけど、私には話題の引き出しが少ない。

それに早くミランダやカーラと会いたいな、なんて思っていると大広間が一斉にざわめいた。

「あっ、王太子様がいらしたわ」

「来た来た、緊張しちゃう〜」

着飾った令嬢たちの弾んだ声が聞こえてそちらに視線を向けると、護衛の騎士を連れた王太子様がゆっくりと姿を現した。

最上級の真っ白な正服が、王太子様の気品をさらに際立たせている。煌めく銀髪とあいまり、王太子様の周りだけ輝いて見える。

騒がしい雰囲気が、一瞬にして引きしまった。

王太子様の存在感はそれほど大きく、統制力もある。次期国王としての素質をありあまるほど持っていることが、その瞬間だけでも十分にわかった。

自身の妃選びの夜会なのに、相変わらず表情は厳しく引きしまっている。

そばにいる、これまた美青年の騎士は逆に笑顔を浮かべていて、そちらも注目の的だ。

たくさんの貴族たちが王太子様に向かって一斉に頭を下げる。

それからまた楽団の静かな演奏が再開し、王太子様の周りには人だかりができ始めた。

頭ふたつぶん皆より背の高い王太子様が、辺りを見回している。わりと距離はあったはずなのに、ばっちりとこちらを見た気がしてドキリとした。

「……えっ」

ちりっと、胸元に熱い感覚が走る。嫌な予感がして、額に冷や汗が浮かぶ。

ドキン、ドキンと、胸が鳴りだす。

……やっぱり私は王太子様に近づいちゃいけない。あの方の姿を見ると、痣が自然と浮かんできてしまう気がする。

それに微妙にムカつくし！　私は意外と根に持つタイプだったらしい。

「……お父様、お母様、ごめんなさい。私、少し人に酔ってしまったみたい。バルコニーで外の空気を吸ってきてもいい？」

「僕もついていこうか？」

「ううん、大丈夫。これからご挨拶回りがあるのに、一緒に行けなくてごめんなさい」

心配してくれる父の申し出をやんわり断り、落ち着いたら戻ると約束してそっとその場を離れた。心臓がどくどくと強く波打ち、冷や汗が止まらない。

話しかけようと歩み寄る令息たちをぎこちない笑顔を浮かべてかわしながら、なるべく急ぎ足でバルコニーへ出た。

まだ夜会は始まったばかりなので、バルコニーに休みに来ている人は誰もいなくてほっとした。

私は大きな柱の陰に隠れるように身を預け、詰めていた息を吐く。

「……もう少しして人が増えてきたらそれに紛れて大広間に戻って、お父様にお願いして先に帰らせてもらおう」

ミランダやカーラにはあとで先に帰ってしまった謝罪の手紙を送って、また静かに勉強に励もう。結婚適齢期を過ぎれば、お見合いの話もぐっと減ると聞く。

それまで何とか粘って、お父様に頼み込んで……いや、その前に商会の商船で働いて経験を積むのもいいかもしれない。

そう簡単に貴族の娘は働けないと頭でわかっていながら、妄想で頭をいっぱいにしないと胸が潰れてしまいそうだった。

本当はいくら勉強に励んだって……父の仕事を手伝える可能性は低いとわかっている。でも、誰かと結婚したら痣を隠し通すのは難しくなる。そして痣を誰かに打ち明けたら、王太子様との『かたちだけの結婚』が待っている。

一番嫌なのは、その王太子様をなぜか気にしてしまう自分だ。

「きっと普通よ、女の子は皆、あの方に夢中だもの。私にも普通の部分がちゃんとあっただけだわ」

かたちだけの結婚も、珍しいことじゃない。

だから勝手に傷ついた自分がとても恥ずかしかった。

そう思いながら深呼吸を繰り返す。夜風が汗をかいた顔を撫《な》でて、気持ちがいい。

バルコニーから見える海は、丸い月の光を浮かべている。音楽の合間にかすかに聞こえる波の音は、私をただ慰めてくれた。

ふと、バルコニーの真下からガサガサと音がした。バルコニーの下は中庭になっているが背の高い樹木が繁っていて、夜なのもあいまりよく見えない。

耳を澄ますと、人の声らしきものも聞こえてきた。もしかしたら、夜会で意気投合した男女が大広間から抜け出したのかもしれない。そういった話を、ミランダから聞いたことがある。

人の恋路を覗き見する趣味はないので、そろそろ大広間へ戻り両親を探そうと踵《きびす》を返した時だった。

「やめてくださいっ」

あれ?……っと、足を止める。音楽や談笑が漏れ聞こえる中で耳を澄ます。

「誰かっ、……やだっ」

明らかに穏やかでない状況に思える。

ガサガサガサッと、不審な物音が大きくなる。

嫌がり恐怖が含まれたか弱い声に、私の足は動きだす。

バルコニーからは直接下には下りられなくて、賑やかな大広間を突っ切り階段を使うしかなさそうだった。

戻った大広間はとても賑やかで、まるで別世界に見えた。バルコニーの下で何かが起きているかもしれないなんて、きっと誰も思いもしないだろう。

衛兵、騎士、誰か……足早に大広間の出口を目指しながら辺りを見回して探す。

父の顔も浮かんだけれど、見回した視界の中には見つけられなかった。

ドンッと衝撃が走り、よそ見をしていた自分は誰かにぶつかってしまった。

「……っ、ごめんなさい！」

すぐに謝ると、その人は柔らかな声で私を気遣う返事をくれた。

「こちらこそ。お怪我はありませんでしたか？」

漆黒の髪に、垂れた目元が優しく細められている。いかにも女性にモテそうな男性は王太子様と一緒にいた騎士様だった。

「私は大丈夫です、でも、バルコニーの下で不審な物音と声が聞こえてきて……っ」

「えっ本当ですか？」

「はい。女性が困っている声がして、早く行かないと」

騎士様が玉座の方に視線を移したので私も目をやると、王太子様に仕える数人の護衛がいた。

「オレは他の者に声をかけてくるので、あなたは安全なここで待っていてください。中庭には必ず向かいます」

騎士様は「ね？」と私に念押しして、玉座に向かっていく。

この瞬間にも、女性は大変な目に遭っている。そう思うと、いてもたってもいられない。

「偶然通りがかったふりをして、人がそばにいることくらいならアピールできるかもしれない。早く、早く助けに行かなくちゃ……っ」

ここにいるように言われたけれど、私は女性を一秒でも早く助けたい一心で急いで大広間をあとにした。

広すぎる王城内を足早に進み、何とか中庭のそばまで出られた。

再び耳を済ましながら、中庭へ足を踏み出す。

緑が生《お》い茂る美しい中庭のはずなのに、不自然なほど静寂に満ちていた。

しかし私たちも生き物だから、おかしな空気は感じ取れる。

〝嫌な気〟と言えばいいのか。不快で不安になるような人の気配……。

風が吹き、枝がざわざわと揺れて葉を鳴らす。

石畳の細い小路をわざとヒールの踵《かかと》をぶつけ、音を立てて進んだ。

「ああ〜……、あーあ、疲れちゃったなぁ！」

わざとらしく、ボキャブラリーのない独り言を大きな声で言うと、背丈ほどの植え込みの向こうから、消え入りそうな声で「……助けて」と聞こえた。

「聞こえたっ、助けに来たよ！」

返事をして植え込みの裏に走り寄る。

そこにいたのは、地面にへたり込んで髪がぐちゃぐちゃになったドレス姿の令嬢と、黒ずくめの明らかに賊らしい男ひとり。

「な、そこで何してるの！」

身体が驚きで固まってしまう前に、大声で威嚇《いかく》し自分にも喝を入れる。

男の手には、刃物が握られていた。

「……お前も、金目の物を出せ。持ってる物全部だ」

令嬢を見れば、宝飾品はすべて、髪飾りまで剝《は》ぎ取られたのだろう。乱れた髪のまま、顔を覆ってわっと泣きだした。

男は「うるさい」と言って、令嬢を足で蹴飛ばす。私に刃を向けながら令嬢のドレスの胸元を摑み、さらに何か探している。

見つかったのだからすぐに逃げればいいものを、男はさらなる略奪に夢中だ。

その真っ黒な悪意と行為に、吐き気がする。

大人しくしていれば、じきに誰かがやってくる。

だけどその間にも、目の前の令嬢は恐怖と暴力に晒され続けるのだ。

——そんなことは、絶対に許されない。

「……やめて」

「はぁ？」

胸元が、じりじりと熱くなる。でも今はもう、そんなことに構っていられない。

刺されると頭でわかっているのに、身体は令嬢を助けたい気持ちだけで動きだす。

突然近づいてきた私に、男は迷いなく刃物を向け、切りかかってきた。

身につけた護身術のおかげか寸でのところで身を引いたけれど、ドレスの胸元がバッサリと裂《さ》けて肌が露わになった。

頭が真っ白になったあと、恐怖よりも怒りが湧いてきた。

キャアッと、令嬢が小さく悲鳴を上げた。

「次は刺すぞ。早くお前も宝石を出せ」

「……こんなことされて、出すわけないでしょ」

光を宿さない男の真っ黒な目。そこに迷いや倫理観はまったく見えない。

ただ、欲しいから奪う。傷つけても刺しても構わない――常人ではないのが明らかだ。

「やあぁぁあっ……助けてっ……」

恐怖に心を乱した令嬢が、地べたを這いつくばり逃げ出そうとする。

男は令嬢に向かって刃物を振り下ろそうと、私から目を離して腕を上げた。

その動作が一秒一秒、ゆっくりと目の前で流れる。
月の光に反射する刃、無表情の男の顔。
土で汚れたドレスをまとい、裸足で地を蹴りもがく令嬢の姿。
暗闇の黒と、月光の青白さ――。
「――っ！」
私は力の限り男に体当たりをした。
身が詰まった男の肉体にぶつかった反動で、私はズサッと地べたに倒れ込む。
男はよろめき、刃物は令嬢には当たらなかった。
「あ……ああ……」
声を漏らし、そばで震える令嬢をすぐに抱き寄せて、再度男を睨みつける。
目をそらしたら、殺される。そうでなくても、殺されそう。
男はぶつぶつ言い始めた。私をじいっと見て「……殺す、絶対に殺す」と。
太い腕が伸ばされ、喉元を強く摑まれ立たされる。
もがいても大声を出しても、男はびくりともしない。
男は、刃物を持つもう片方の腕を振り上げた。
もう助かる望みはなくなったけれど、私を摑む腕に力いっぱいに爪を立てて抵抗した。

こんな奴に、諦めた姿なんて見せたくない。最期まで、理不尽な暴力になんて屈したくなかった。

絶対に、絶対に……！

その時――。

男のすぐ後ろに、ドスンと何か大きな物が降ってきたと思ったら……。

男の背後から彼の身体を突き抜けて、私の目と鼻の先に血にまみれた剣の先が飛び出してきた。

そうして……すっと引き抜かれていく。

首元を締めていた手が離れ、男の身体が地べたに崩れ落ちた。

私も同時に地面にへたり込み、咳き込みながら見上げた先には――。

「……その胸の印は……それに、この香り……」

返り血なんてひと雫も浴びていない真っ白な正服をまとい、息などまったく乱れていないその人は、月の光に似た銀髪をなびかせて、冷たい青い瞳を見開いた。

王太子、ノーベルト・オルタ様が、私の胸元に浮かんだ……エーデルワイスの痣を見下ろしていた。

二章

俺が生まれたばかりの頃だ。

周期的に見て、王太子である俺がこれから出現するであろう聖女を娶ることが決まった。

物心ついた頃からそう聞かされ、それが王族の務めだと教えられた俺は、いつか聖女を妻に迎えることに疑問を持たずに成長した。

アイリス国をお創りになり、今もなお加護を与えてくださる女神が選んだ大切な娘。

いつか現れた時には国のために日々祈ったり、王太子妃としての務めを果たしてもらうつもりだ。

その代わり俺は一生涯困らぬよう衣食住の保証をし、なおも聖女がもし望むなら……宝石でもドレスでも好きなだけ差し出すつもりだった。

等価交換だ。それが夫婦の関係だと思っていた。

将来の妻が聖女でも貴族の令嬢でも町娘でも、どこかの姫でも何も対応は変わらない。

それが次期国王に就く俺の義務。

昔から続き、未来へ繋いでいくためだけの約束。俺の両親もそうだった。

恋だの愛だのは、俺には生涯必要がない……はずだった。

二年ほど前にスタイン伯爵と一緒に挨拶に来た、ひとり娘のサヤ・スタイン嬢。

——彼女に一目惚れするまでは。


「初手から詰みましたね、ノーベルト様」

執務室でにやにやと、幼馴染み兼護衛騎士であるゼノン・バーベームが軽口を叩いてくる。

俺は頭を抱えて、反論もせずに大きくため息をつく。

「……だって好きな女性が昔から聞き続けていた未来の伴侶、聖女だったんだ。それがわかったらもう、易々と帰すわけにはいかないじゃないか」

「いや、普通一度は帰すでしょう。スタイン嬢は賊に襲われて怖い思いをしたのに、さらに神殿に軟禁……もとい、あのままとどまってもらうなんて何かの罰ゲームですか？　スタイン嬢はきっとノーベルト様を怖がってますよ」

ゼノンの説得力ある発言に、ぐっと言葉が詰まり言い返せない。

「それにスタイン伯爵からも、抗議されています」

追撃に、今さら罪悪感が込み上げてくる。

「伯爵には父上から直接話をするそうだ。その前に俺も話す。スタイン嬢とすぐにでも結婚させて欲しいと伝える」

「早い早い！　色々大切なものをすっ飛ばしすぎですってば」

早すぎるものかと、俺は切なく苦しくなる胸にため息をついた。

「スタイン嬢を二年も密かに想い続けて、でも聖女の件があるから諦めようとしていたんだ。それが、その本人が聖女だったんだ。すぐ結婚するしかないだろ」

「ノーベルト様、まずはスタイン嬢の立場になって考えてみてください。酷く怖い思いをしたのに、屋敷には帰れずいきなり神殿で軟禁ですよ？　誰かに泣きつきたい、頼りたい時に王太子から結婚しろっていきなり言われたら？」

「結婚する。そして俺だけを頼って欲しい」

そう即答すると、「だめだ～」と今度はなぜかゼノンが頭を抱えた。

昨夜。国王主催の盛大な夜会で、招待した令嬢が賊に襲われ金品を奪われるという事件が発生した。

巷では俺の妃選びの夜会だなんて噂もあったようだが、それはまったくの誤解だ。

スタイン嬢が夜会に来ると聞いて、未練たらしく姿だけでもひと目見ようと、俺は無理矢理に時間を作り、顔を出したのだ。

『不審な物音がする』という訴えに現場である中庭を見ると、令嬢二人が賊に襲われていて、この俺自ら賊の息の根を止めた。

ゼノンに怪しげな物音がすると伝えたスタイン嬢も切りつけられ、そのドレスから覗く肌には……エーデルワイスと思われる花の痣が浮かんでいた。

あとからやってきた騎士たちにスタイン嬢の白い肌を見せたくなくて、自分が着ていた正服の上着を脱いですぐに羽織らせた。

スタイン嬢は『ありがとうございます』と言いながらその上着を、後ろで泣きじゃくるもうひとりの令嬢の肩にかけ抱きしめていた。

すぐに騎士たちが駆けつけ、令嬢は保護された。城に常駐する医者にすぐに手当てをさせ、後日事情を聞く旨を伝えて両親とともに帰した。

スタイン嬢は俺が手を貸して……。切られたドレスの胸元を震える細い手で必死に押さえて……青白い顔をして一度だけ俺の方を見た。

長いまつ毛に縁取られた美しい赤みの強い瞳が揺れると、ふわりと、いつか嗅《か》いだあの清浄な花の香りがした。

その瞬間、胸がいっぱいになり俺はこの娘《こ》を手放してはいけないと本能的に悟った。

胸元に浮いた花の痣から、サヤ・スタイン嬢は聖女の可能性が非常に高いとして、そのまま城内の神殿に滞在してもらっている。

俺の独断で一度も家に帰ることは許さず、ゼノンはそれを軟禁という。

そして賊がどこから侵入したのか、城内に密かに引き込んだ人間がいるのかどうか、賊の死体を含めて詳しく調査中だ。

「しかしあの時、スタイン嬢が大広間からいなくなってたからといって、バルコニーから中庭に直接飛び下りるなんて……ノーベルト様はバケモンですか？」

「一分一秒が惜しかったからな。それに、あんな高さで骨を折るほど俺は軟弱じゃない。もしもの時にならお前にもできるさ」

「普通の人間はあんなことはしませんし、打ちどころが悪ければ最悪死にます。バケモンのノーベルト様と一緒にしないでください」

俺が将来、一国を担う男でも容赦ない、ゼノンの辛辣な言葉は昔からだ。

冷徹、無表情と言われ、感情を表すことが昔から苦手だった俺が、唯一気を許し自然に接することができる相手。ゼノンは俺にとって、三歳上の友人であり兄のような存在でもある。

窓に目をやると、今日も青い空が広がっている。仕事は今日も山ほどあるが、心はスタイン嬢のことばかり考えてしまう。

「いきなり神殿暮らしなんて、慣れないよな」

「そりゃそうでしょう。聖職者ばかりで堅苦しい雰囲気もありますし、スタイン嬢はこれから高位神官からの聞き取りが控えていますからね」

アイリス様が聖女にもたらす花の痣は、様々なパターンがある。

花の種類も違えば、場所や色、現れ方も千差万別だ。身近な例で言えば俺の曾祖母は聖女だったが、墨で描いたような鈴蘭の痣が背中に浮いていたそうだ。

花の痣が本物かどうか、確実に確かめる術《すべ》はない。高位神官が時間をかけてじっくりと聞き取り、痣を観察する。

神殿にとどまってもらっているのはそのためでもあるが、同時に聖女を保護する意味もある。

『アイリス国の聖女』を欲する国は多い。

確かに他国と比べアイリス国には長い歴史があり、地理にも恵まれ資源も豊かだ。

それはアイリス様の加護もあるが、国民が国に尽くし長い間商工業に励み、築き上げてきてくれたおかげだ。

しかし他国は、それはすべて女神の加護のおかげだとしか考えていない。過去には他国による聖女誘拐未遂事件もあった。

――聖女の力を開花させる方法も知らずに、だ。

王族の中だけで伝わる方法を試みなければ、聖女は真の加護の力を発揮できないと言い伝えられている。

誘拐を防ぐために、目の届く場所にスタイン嬢をしっかり保護しておきたかった。賊に入られ、ましてや二人の令嬢を命の危機に晒してしまった今回の件について、さらなる警備の組み直しと強化をはかることになった。

聖女出現については、正式な発表をするまで箝口令《かんこう》を厳しく敷いたが、人の口に完全な戸は立てられないと思われる。騒ぎを見聞きした貴族が、密かに触れ回っている可能性もある。

聖女の存在は奇跡だ。それを知った人間が、黙っていられるわけがない。

昔からの通例なら聖女の痣が現れた娘を保護している間に、王族側はその娘の身辺調査を徹底的に行う。花の痣を持つ娘を騙《かた》る者が絶えないのが原因だが、スタイン嬢に限ってはまず身元がはっきりしている。

スタイン伯爵家はアイリス国でも上級貴族であり、スタイン伯爵はアイリス国のために長く外務大臣を務めてくれている。

物静かで飄々《ひょうひょう》とした長身の中年だが、あれは鷹が爪を隠し鳩のふりをしているだけだ。

状況に合わせて機転を利かせ、いつの間にかこちらに有利に話を運ぶ。

慈愛に満ちつつも、時に厳しい切れ者だからこそ、国外との交渉を全面的に任せられるのだ。

そんな伯爵に国一番の美女——今のスタイン伯爵夫人が惚れて猛烈なアタックを重ね、結婚まで持っていったのは有名な話だ。

夫人の生家も同じく上級貴族であったため、結婚には問題がなかったのだろう。

サヤ・スタイン嬢の両親に、娘を聖女と偽る事情や経済的な困窮などはまったく見られない。

スタイン嬢本人にも……ただ、昨夜のあの痣を隠そうとするそぶりだけが気になるところだ。

あれではまるで、自分が聖女だと知られたくないようだった。

理由は？　聖女の荷が重く感じる？　それとも、俺と結婚したくない？　……もしかして好きな男でもいるのか？

「……どうしたら、スタイン嬢が俺のことを好きになってくれると思う？」

「ちょっ、唐突ですね、ゼロか百しかないんですか？　まあ、オレも人に助言するほど恋愛経験があるわけじゃないですけど、ノーベルト様はまずスタイン嬢の気持ちになって考えることから始めてはどうですか？」

「俺がスタイン嬢だったら、神殿からすぐに帰りたい。いきなり王太子の妻になるなんて責任が重すぎて嫌だ。でも俺は泣かれても、彼女を帰したくない……彼女の身を守るのもあるが、何より俺のそばから離れて欲しくないんだ」

通常なら王族に嫁ぐ女性には、時間をかけてマナーや教育を受けてもらい覚悟を決めてもらうものだ。

でも今回は、その時間が圧倒的に足りない。

ゼノンは、パチンッと指を鳴らす。

「それですよ、ノーベルト様！　理由をすっ飛ばして軟禁しちゃってるんですから、まずはその理由を話してスタイン嬢に知ってもらわないと。ただ、それを理解して受け入れてもらえるかは別ですよ」

愛して欲しいなら、相手の気持ちになって行動する。自分の気持ちも明かす。そして何より、自身を知ってもらうことが大切だとゼノンは熱弁する。

「そうしたら、スタイン嬢と結婚できる？」

「極端～！　オレの話聞いてました？　まずは自分の欲を捨てろ！　スタイン嬢に尽くせ！　顔がいいからって何してもいいとか思うな！」

最後のは明らかに悪口だと思ったが、ゼノンの言葉には説得力があった。

「わかった。俺は生涯、スタイン嬢に誠心誠意尽くすことを誓う……！」

心を込めてまっすぐにゼノンを見つめながら宣言すると、「本人に言ってくださいよ」と冷めた目で返されてしまった。

執務室での仕事をいつもの倍の速さで終わらせ、スタイン嬢に会うために神殿へと向かった。

スタイン嬢の気持ちを一番に考える。そう念頭に置き、手土産や果物、すぐに料理人に作らせた菓子をバスケットいっぱいに用意した。

神殿では十分にもてなすように伝えたが、若い女性なら甘い物だってつまみたいかもしれない。母も誰かを個人的に招く時には、料理人にたくさんの菓子を作らせている。

きっと女性は、甘い菓子が好きなのだ。

そんなことを想像したのは初めてだったが、彼女が喜びそうなことの糸口を掴むと、手探りだがひとつふたつとアイデアが浮かんでいく。

彼女の身の周りの世話をする者は、スタイン家から来てもらった方が気を使わずに済むかもしれない。

必要な物を聞いてもらえれば、俺が用意する。神殿から帰すわけにはいかないが、快適に過ごせるようにしてあげたい。

そう考えると、何だか足取りがどんどん軽くなっていく。

「ちょ、待ってくださいっ。ノーベルト様、浮かれて歩く速度が尋常ではありません！これでは、スタイン嬢と一緒に散歩なんてしたら置いてきぼりにしてしまいますよ」

振り向くと、ゼノンが早足で追いかけてきていた。

「……悪い。これからは、そういうところにも気をつける」

「そうですよ。女性の心は繊細なんです。こういう些細なことでも、積み重なるといつか愛想を尽かされてしまうかもしれませんよ……後悔しても、その時にはすべてが遅いんです……」

表情を暗くしたゼノンの、まるで経験者のような重い言葉を、俺はしっかりと心で受け取った。

大昔――。神殿は、城ができたのと同じ時期に造られた。

大理石で建造された神殿は大きく、外観こそ威厳があり無骨に見えるが、内部はあちこちに繊細な彫刻が施されている。

入口には豊かに水をたたえる噴水、二百人ほどが一度に祈りを捧げられる礼拝堂。それに、神官たちが居住するスペースも広く取られている。

スタイン嬢には、来賓の間を使ってもらっている。神殿の周り、そして来賓の間にも護衛の兵を配備した。

スタイン嬢が再び誰かに傷つけられるなんて、許されないことだ。

神殿に着くと、スタイン嬢の様子を見に行きたいと事前に伝えていたので、高位神官が出迎えてくれた。

七十歳を越えて髪も髭《ひげ》も白く小柄だが、昔はゼノンと悪さをすれば彼によく叱られた。

今でもあの頃の厳しさや優しさを持ったまま、俺とゼノンに接してくれる。

挨拶もそこそこに、俺は彼女の様子を聞く。

「神官、スタイン嬢の様子はどうだ？」

神官は自分の髭をひと撫でして、ゆっくりと語りだした。

「スタイン嬢は落ち着いています。ただ、やはり昨夜のことがショックだったようですな。賊が目の前で死んだ衝撃も大きいですが、同時にもうひとりの令嬢のことをとても心配しています」

ずんと、胸が重くなる。

賊を殺したのは俺だ。ただ、引き離す時間はなかった。あのまま賊の胸を貫いていなければ、スタイン嬢の喉か胸が直接切り裂かれていただろう。

「あの時のやむを得なかった状況は、折りを見て俺が話す。助けた令嬢の様子も。スタイン嬢は食事をしているか？」

「食欲はないようで、『ごめんなさい』と謝罪して昼の食事は辞退していました」

バスケットに食べ物を詰めてきて良かった。

この中に何かひとつでも、口に合うものがあればと願う。

広く静かな神殿の内部、このまま進めば来賓の間に着く。

その前に、神官に聞いておきたいことがあった。

「……スタイン嬢は……彼女は、本物の聖女だと思うか？」

神官は足を止めて、身体の大きな俺を見上げた。カツンっ……と、足音が響いて止まる。

「……昨夜、ノーベルト様がスタイン嬢を抱きかかえて神殿に飛び込んできたでしょう？すぐ医者も呼んで。その間、わしはふたりをずっと見ていました。あんなに必死な顔をするノーベルト様は初めて見ました……いいものを見ました」

穏やかに笑う神官の言葉の意味はわからなかったが、再び歩きだし、ついに来賓の間についてしまった。

心臓が今にも飛び出してきそうなくらい、激しく波打つ。深呼吸しても収まらず、もどかしくて服の上からさすってみても、緊張は増すばかりだ。

「ノーベルト様、顔がさらに硬く無表情になってます。もっと肩の力を抜いて、笑って」

「こら、ゼノン。ノーベルト様に無理難題を押しつけるな」

「……神官。俺はできる、笑える」

普段から常に硬い表情だが、口角に力を入れて引き上げてみせた。

神官とゼノンは「無理はしないで、普段通りでいてください」などと、揃って言ってきた。

神官がドアをノックすると、すぐに城仕えのメイドが顔を出した。神官の後ろにいた俺に気づくと、慌てて頭を下げる。

「スタイン嬢に、ノーベルト様が様子を見にいらっしゃったと伝えてくれるか？」

神官がそう伝えると、メイドは「少しお待ちください」と返事をして、一度ドアを閉めた。それから二、三分して、室内へ案内された。

スタイン嬢はアンティークの品のいいソファーの隣に、すっと姿勢良く立っていた。

その美しい立ち姿に、見とれてしまう。

俺の顔を見て一瞬表情が硬くなったが、すぐに神官を見つけてほっとした様子を見せた。

少々……いや、正直に言えば大いに落ち込みそうになったが、スタイン嬢の気持ちを考えればこれは当たり前の反応なのだ。

「様子を見に来ていただき、ありがとうございます」

スタイン嬢は気持ちを切り替えたように、俺に頭を下げてお礼を言ってくれた。

客室で、このまま四人で話をすることになった。

向かいに腰かけるスタイン嬢が胸元のあいたドレスを着ている。それだけでもう、視線をどこへやったらいいのかわからない。

こういったデザインのドレスは皆が着ていて見慣れているはずなのに、それがスタイン嬢だと目のやり場にとても困る。

眩しくきめ細やかそうな白い肌が、刺激的すぎる。

首元を摑まれた跡が残ってしまったのが痛々しく可哀想だが、さっき自分の足で立っている姿を見てほっとした。

俺の生涯の伴侶、聖女の証である痣を確かめたくてそっと盗み見ると……昨日見たエーデルワイスの痣は綺麗に消えている。

――どうして、この目で見た痣がない？

皆が何も言わない俺の顔を、不思議そうに見ている。スタイン嬢もだ。

彼女にすっかり骨抜きにされていた俺は、我に返って話しかける。

「……あっ、具合はどうだ？」

……具合はどうって、まずは改めて挨拶だったり他に声のかけようがあっただろう。まるでゼノンに言うように、気安い感じになってしまった。

スタイン嬢は丸い大きな瞳をぱちくりとさせたが、すぐに返事をくれた。

「殿下のおかげで、今はもう自分で立てるようになりました。昨夜のこと、助けていただき本当にありがとうございました」

再び深く頭を下げられ、俺は気の利いたことも言えず黙って頷くことしかできない。

「……このドレスも、ここでの当分の着替えも、殿下が手配してくださったと聞きました。重ね重ね、ありがとうございます」

「……ああ」

……ああ、って。これでは、ただ萎縮させてしまう。話力と交渉力を上げるために、長年教師からあれだけ叩き込まれた語彙力はどこへいった。

――あ、そうだ。俺は本来は会話が続かない無口な人間だったのを思い出した。

俺が言葉に詰まったのを察して、ゼノンが話題を振ってくれた。

「昨夜、スタイン嬢が助けた令嬢はあのあと、しっかり医者に手当てしてもらいましたからね。ね、ノーベルト様」

「ああ。精神的なショックはまだ続くかもしれないが、外傷的なものは城の医者に治療してもらった。……スタイン嬢は、大丈夫か？」

俺の話を聞いていたスタイン嬢が、一瞬瞳を涙で潤ませた。

それを見て、まったくもって大丈夫ではないと今さらながら気づかされた。スタイン嬢をそばで励まし、寄り添うはずの家族から遠ざけているのは俺だ。

「……はい。私は大丈夫です」

俺が怖いのか、そう健気に答える姿に胸が締めつけられた。

「……俺から君に話したいことがある。聞いてくれるか？」

神殿にとどまってもらっている理由をきちんと話そう。帰れない娘を心配して、スタイン伯爵が抗議の声をすぐに上げたことも。

それに、胸から消えた痣についても詳しく聞きたい。

こくりとスタイン嬢が頷き、メイドがお茶の用意をすぐに始めた。

俺はどうしても痣が気になり、ちらちらと見てしまう。

それに気づいたスタイン嬢は、自分の胸元に手を当てた。

「この痣は、普段は消えています。しかし気分が昂ったり、なぜか殿下のお姿を拝見すると……」

そう話しているうちに、スタイン嬢の白い胸元がうっすらピンク色に染まり、そこに昨夜見た白いエーデルワイスの痣がじわじわと浮いて出てきた。

その神秘的な光景に、誰もが思わず息を呑む。

俺はすっかり、痣に釘付けになっていた。

「どういう原理なのか、これが聖女の証なのかどうかも私にはわかりません」

大事な何かを諦めたような、そんな寂しげな表情を浮かべて、スタイン嬢は痣について教えてくれた。

「……その痣が浮かぶ時は、痛くはないのか？」

「熱くなったり、チリッとはしますが、強い痛みはありません」

「俺を見ると、痣が浮かぶというのは……本当？」

細い指先が、浮かんだ痣に触れている。

その様子を、俺は夢心地で見ていた。

「……初めてご挨拶をさせていただいた二年前と、昨夜。殿下のお姿を拝見し、すぐその場で痣が浮かぶ熱い感覚がしました。あと……痣から花の香りも」

「わかる。今も、かすかに香ってきている」

俺とスタイン嬢以外にはこの花の香りはわからないようで、神官とゼノンは不思議そうに顔を見合わせている。

スタイン嬢がもし聖女でなければ、この痣は一体何だというのだ。

嬉しさがじわじわと胸に込み上げ、幸せなため息がふうっと自然と出た。

すると、表情を曇らせたスタイン嬢の肩がビクッと揺れた。

ああ、怖がらせてしまった。呆れたとか、そんなため息では断じてないのに。そういうつもりではないと、誤解を解かなくては。

早く早く――。

俺は頭を巡らせて、彼女にかけるべき言葉を必死に考える。大丈夫だよと、身の安全を保証する言葉を。

「じゃあ、俺と結婚しよう」

痣に触れていたスタイン嬢の指はそのまま胸元で固く拳を作り、白い顔をくしゃりと泣きそうに歪《ゆが》ませた。

あのあと、神官から『今日はここまで』とその場で面会が切り上げられた。

まだスタイン嬢が聖女だと正式に決まったわけではないのに、独断で性急すぎると神官から久しぶりにお小言をもらった。

俺の中ではもう、伴侶はスタイン嬢しか考えられない。

そう強く訴えると、落ち着けと言われてしまった。

神殿をあとにする頃には、太陽が海に沈む間際の時間になっていた。

振り返ると、神殿の白い外壁は黄昏色にもの悲しく染められ、スタイン嬢の寂しさみたいなものが伝わってくるようだった。

「スタイン嬢は、俺に『家に帰りたい』と言わなかった」

ゼノンは「あー……」と言って、神殿を振り返る。

「……言っても無駄だと思ったんじゃないですかね。滞在は一国の王太子の指示ですから。ノーベルト様の発言は、自分が思ってらっしゃる以上に強制力がありますから」

あのスタイン嬢が浮かべた泣きだしそうな顔で、頭がいっぱいだ。

心を寄せている女性に、あんな顔をさせてしまった。いつか同じ気持ちを返して欲しいなんて、思い上がりにもほどがあったのだ。

ゆっくり、ゆっくりだと自分に言い聞かせる。

「……今からスタイン伯爵に会う。この時間ならまだ城内に残っていると思うから、執務室に来るよう伝えてくれ」

ゼノンは「わかりました」と返事をして、駆けだした。

その後——。

スタイン伯爵とふたりで話して、俺はスタイン嬢が聖女の可能性があること、彼女の安全を第一に考え、神殿にとどまらせていることを説明した。

そして、自分はスタイン嬢以外の伴侶は考えられないともはっきり伝えた。

伯爵はまず、娘に痣があったことを知らなかったという。とても驚いたが、まずは賊から娘の命を救ったことに対して深く感謝された。

娘を返して欲しいとは口にしないが、『聖女』というラベルを貼り、道具のように扱ったら許さないという真剣な思いは伝わってきた。

そこで俺はスタイン伯爵に、いくつか提案してみた。

神殿からは帰せないが、伯爵夫妻はいつでも自由にスタイン嬢に会いに来ることを許可すると。

また、スタイン嬢の身の回りの世話を、生家でしていた者たちに任せたい、とも。

そして改めて、自分はスタイン嬢は聖女だと確信していると伝えた。

伯爵は「すぐに侍女たちを寄越します」とはっきり返事をし、早速娘に会うと言って神殿へ向かった。

翌日、様子を見にひとり神殿に出向く。

俺が顔を見せるとスタイン嬢はきっと萎縮してしまうだろうから、神官に話を聞くだけにとどめる。

人払いをした礼拝堂にはキラキラと光が溢れ、今までより神秘的な空気に満ちているように感じた。

「今日のスタイン嬢の様子はどうだった？」

「屋敷から侍女が来たおかげか、笑顔を見せていましたよ。侍女たちには、スタイン嬢が聖女かもしれないということは絶対に、親にも口外しないように約束してもらいました」

早朝に、荷物を積んだ馬車がスタイン伯爵家から侍女を三人乗せてやってきたという。

侍女たちはテキパキと荷物を下ろし、スタイン嬢に会うと四人で抱き合って泣いていたそうだ。

「……ありがとう。まだ正式に発表するまでは、その対応で徹底してもらいたい」

まだしばらくは、こうやってひっそりと様子を聞くためだけに、ここへ来よう。

そう考えながら、椅子から腰を上げた時だった。

「ああ、そうだ。昨日ノーベルト様が持ってきた菓子ですが、スタイン嬢はあれを美味《おい》しいと言って喜んでいましたよ」

「俺が持ってきた菓子を食べてくれたのか？」

「ええ。夕食のあとに少しだけ様子を見に部屋を訪ねたら、そう言っていました。わしにもお裾分けしてくれたので、ありがたくいただきました」

昨日色々と持ってきて良かった。スタイン嬢の気が少しでも紛れるなら、また明日にでも持ってこよう。

しかし、何だろう。この胸のモヤモヤは。

「そんなに喜んでくれたのか……あの菓子を作った料理人に嫉妬してしまいそうだ」

それを聞いた神官は、あっはっはと笑った。

翌朝はいつもより早く起きた。朝食の支度で忙しく、戦場のようになっている調理場で料理人を捕まえ、あの菓子の作り方を教えてくれるよう頼んだ。

威圧感が出ないように、口角を上げる。

調理場は騒然とした雰囲気になり、料理人たちは困惑した様子だったが時間をずらして再度来てくれたらと恐る恐る約束してくれた。

作り方を教わる初日は、ほぼ見学だけになった。菓子作りにはあんなにも大量の砂糖とバターを使うのかと驚いた。あれだけ入っていれば、美味《うま》くなるわけだ。

綺麗に焼き上がった菓子を、温かいうちにと神殿へ届けて神官に託す。

城に戻り自分でも同じ物を食べてみる。それは頬がゆるくなるほど甘くて、スタイン嬢に会いたくなった。

二日目、三日目、四日目……。まだまだ菓子作りの手際は良くならないが、工程と理屈は理解してきた。

俺が作るものは少し不恰好になってしまうが、そこが何とも味わいがある。大量に焼けた菓子から一番形のいいものをスタイン嬢に選び、残りは厨房の皆に振る舞った。

この目で見てはいないが、自分で作った菓子をスタイン嬢が食べてくれると思うと胸が温かくなる。

粉まみれになる自分なんて生きてきて一度も想像すらしなかったけれど、好きなスタイン嬢のためにならそうなれることを知った。

父上は俺が調理場に出入りすることをよく思わないようだったが、砕いたナッツをたっぷり交ぜた焼き菓子を献上すると黙認するようになった。

そのうちに、料理人たちからアレンジの提案がされる。例えばパウンドケーキの生地などに無花果《いちじく》を加えると、プチプチとした食感になって面白いらしい。

アイリス国は乾いた気候なので、無花果がとても甘くなる。女性たちに親しまれている果物のひとつだ。

提案されてから、まずは料理人が作るのをひたすら見る。焼き上がったパウンドケーキを試食し、工程から完成までのイメージを頭に叩き込む。

調理場から戻った俺からは甘い香りがするのか、ゼノンは『腹減った』とよく口にするようになった。

恋や愛を知らなかった俺は、女性は高価で綺麗なものが一番好きだと思っていた。

そういう物を金を積んで用意し贈れば、ある程度良好な関係を築けて、維持できると考えていたのだ。女性にそんな贈り物なんて、一度もしたことがないのに。

その考えが、毎日変わっていく。

喜んで欲しい、でもこれは一方的な押しつけになっていないか?

玉子と砂糖、小麦粉とバターを、そういった乱高下する感情と一緒にボウルの中で混ぜて馴染ませ、型に入れて焼き上げた。

スタイン嬢を神殿にとどめてから、二週間が経とうとしていた。

仕事や視察がたてこんだ時には菓子作りはできないが、何とか時間が作れた日には厨房に飛び込み菓子を焼き上げ神殿に届けている。

菓子に花束、詩集……スタイン嬢はどういった物が好きなのか探るために、神官に詳しく反応を尋ねる。

どの贈り物も、笑顔で受け取ってくれているらしい。首元に残っていた跡もすっかり消えたと聞いて安堵した。

その笑顔を自分にも向けてもらいたい、そんな欲を胸の内に押し込めて、ゆっくりゆっくり、と心の中で唱える。

スタイン伯爵家について、王族側からは何の問題もないとの調査結果が出た。これで王族側としては、スタイン嬢は聖女だと認めたのと同義になった。

それと同時に、夜会の晩に城に賊を引き込んだ人間も判明した。

去年から城に出入りしていた庭師見習いで、うまくいったら奪った宝石を売った金を分けてやるとそそのかされたという。

夜会の日は、昼間のうちに賊に庭師の格好をさせて城内にふたりで入り、物陰に賊が身を潜めたのを確認して自分は夕方に帰ったと供述した。

庭師見習いは地下牢で引き続き拘留し、賊とどこで知り合ったのかを取り調べている。

残すは神官側がスタイン嬢を聖女だと認定するだけになった。

ふと、ふたりきりで話をした時の、スタイン伯爵の顔を思い出す。

娘を物のように扱わないで欲しいという、あの鋭い眼光だ。

聖女認定が進む中で、スタイン嬢本人の気持ちはわからない。名誉だなどと言うのは、こちら側の都合のいい押しつけだ。

俺との結婚も、そのひとつ。あの泣きだしそうな顔を鮮明に思い出すと、酷く心が傷んだ。

ある日、いい干しぶどうがあるからと料理人に勧められ、バタークリームに交ぜてクッキーで挟んだ菓子を作った。

日持ちがしないらしく、さっと包んで神殿へと急いだ。午後の礼拝堂はさらに清らかな空気に満たされ、はっきり以前とは違っていると感じた。

きっと、聖女であるスタイン嬢がいるおかげだ。

ずらりと並んだ木製のチャーチチェアのひとつに座り、神官が来るのを待つ。椅子に身を委ね、ひと時目を閉じ休憩することに決めた。

菓子を作る時間を捻出しているため、仕事が夜遅くまで続き、睡眠不足ぎみだ。

アイリス国は貿易が盛んなことから、あれこれと細かい取り決めや関税など、確認することが多い。来年のワインの出荷調整、造船の受注先の選別、それに石炭を運ぶ陸路の大規模な修繕と人員の確保……父上と仕事を分けても、あとからあとから湧いてくる。

喜ばしい話だが、身がひとつしかないので頑丈に生まれても疲労は重なる一方だ。

しかし国民を飢えさせるわけにはいかない。この身を消費して、尽くさなければ。

——と、瞼の裏で、優しい光を感じる。

静かな礼拝堂に足音が聞こえてきたけれど、まだ目を開くことができない。気を抜いた身体は酷く重くて、鉛の人形になった気分だ。

……神官が来たのか。申し訳ないが、あと数分だけ……休ませて欲しい。

そんな俺の鼻をいい香りがくすぐったのは、どれくらい経った頃だろうか。

薄く瞳を開くと、隣に誰かが座っていた。

「……大丈夫ですか？」

鈴が鳴るような可愛らしい声に、一気に覚醒する。

目の前で、スタイン嬢が心配そうな表情を浮かべて俺を見ていたからだ。

慌てたせいで椅子からずり落ちそうになったが、咳払いをして着衣を整えるふりをしてどうにか誤魔化した。

「……っ、大丈夫、心配ない」

心拍が一気に上がり、声がうわずったかもしれない。

「神官様から、殿下がいらっしゃっていると聞きまして。私がここで暮らしやすいよう配慮してくださっていることに、お礼を伝えたくてまいりました」

ニコッと小さな笑顔を向けてくれたことに、俺は無性に泣きたくなってしまった。

こんな感情は初めてで、涙が出ないように堪《こら》えた。

とても嬉しい。スタイン嬢が、俺だけに笑ってくれた。

「生活に問題はないか？　何か困ったことはない？」

自分が発した声色は、いつもよりうんと柔らかいものだった。ゼノンが聞いていたら、からかわれるほど甘い声だと思う。

首を横に振るスタイン嬢の、綺麗な髪がさらさらと揺れる。

「両親にも会えますし、生家から侍女が来てくれているので困ったことはありません。あっ……あるとしたら、ひとつだけ」

「何だ、何でも言ってみて」

スタイン嬢は頬を赤らめて、こっそりと内緒話でもするように教えてくれた。

「殿下が自ら作ってくださるお菓子がとても美味しくて、太ってしまいそうです」

三章

ずっと隠し通すと心に決めた反面、その難しさをどこかで理解していたのかもしれない。

まさかの展開で、一番知られたくない人に痣を見られた時……アイリス様からの加護を隠そうとした罰が当たったのだと思った。

夜会での事件。私をすんでのところで助けてくださった王太子様は、切られたドレスから覗く痣を見て、その場で大騒ぎにはしなかった。

すぐにご自分の着ていらした正服の上着を脱ぎ、他の人からまるで痣が見えないようにと私に羽織らせてくれた。

月明かりの中、王太子様の姿はまるで物語のワンシーンのように勇ましかった。

だけど、すぐそばには男のこと切れた身体が血を流して横たわり、令嬢が泣きながら繰り返す荒い呼吸音が聞こえて、一瞬で現実に引き戻された。

震えて足に力が入らないまま令嬢の元に向かう。私よりずっと酷くドレスをぐちゃぐちゃにされ、肌が露出してしまった令嬢に、王太子様からの上着をかけた。

令嬢は恐怖で震えバタバタと暴れるので、上着が落ちてしまいそうになる。

もうすぐやってくる騎士や衛兵たちに嫁入り前の肌が晒されないように、私は令嬢を強く抱きしめて隠した。

それからすぐに令嬢は保護され、私は王太子様に抱きかかえられ、城内に建つ神殿へと走って運ばれたのだった。

無言のままの王太子様の腕は、私をとても気遣うもので、大きくて温かくて、ドキドキして苦しくなる。

一方で、ずっと思い描いていた夢がガラガラと音を立てて崩れていくとともに、目の前で人が死んだことにも、大きなショックを受けていた。

賊は剣で貫かれた瞬間、胸から血を流しカッと目を見開いて、崩れ落ちるまで私を見ていた。瞳から生気が消えて、ガラス玉のようになった映像が頭から離れず、いまだに恐怖心が拭《ぬぐ》えない。

令嬢は、一緒に来たであろう親御さんとはすぐに会えただろうか——。

たくさんのことが頭の中を駆け巡り、閉じた瞳からは静かに涙が溢れた。

あの夜から、私は神殿での生活が続いている。

両親との面会が許され、父は私を抱きしめて母は泣いていた。

ふたりは私が痣を隠していたことについて、咎《とが》めも責めもしなかった。もしかしたら、私の夢が潰えたことに同情して、それらを呑み込んだのかもしれない。

侍女たちは馬車でやってきてくれて、私の身の回りの世話をしてくれている。

高位神官様による、花の痣に対する毎日の聞き取りはとても慎重だ。

痣が現れた時期、状況を何度も繰り返し確認される。私ももう観念して、十五歳で痣が現れた時のことを包み隠さず話している。両手の指では数えきれないほど何度も……。

そんな中、ほぼ毎日、不定期な時間に届けられるお菓子が王太子様の手作りだと知った時には、腰を抜かすかと思った。

教えてくれたのは、高位神官様だ。

聞き取りが終わると、お茶を一緒にいただきながら雑談する時間がもうけられる。

神殿での生活についてや屋敷でどのように過ごしていたのかといったことから、好きな本、友人のこと、行って楽しかった場所のことなど、話題は多岐にわたる。

そんなお茶の時間には、王太子様から届けられたお菓子を一緒にいただくことも多い。

その日、届けられたパウンドケーキからは温もりが伝わってきて、自然とその話題になった。

「まめにいただいてしまい、申し訳ないです」

恐縮しながらそう言うと、神官様はニコニコと笑っている。

侍女にまだ温かなパウンドケーキを渡すと、その場でふたり分に切り分けてくれて、お茶と一緒に出してもらった。

美味しそうなパウンドケーキを頬張ると、果物の自然な甘みが口いっぱいに広がる。

「わ、これは無花果ですね。私、無花果を使ったお菓子が大好きなんです」

そう言うと、ふっと王太子様の姿が頭に浮かんだ。

『結婚しよう』と言われた時、私はうまく返事ができなかった。かたちだけの結婚だとわかっているのだから、微笑んでただ頷けば良かったはずなのに。

王太子様の青い瞳が揺れて、神官様のひと声で面会は終わりになった。

あれ以来、王太子様は神殿にはやってこない。もしかしたら、結婚をしても私はこのまま神殿暮らしなのかもしれないと覚悟をし始めている。

アイリス国の王族は、側室を持つことが許されている。今の国王様にはいないけれど、過去に何人もの女性を側室にした王族もいたと聞く。

なら、王太子様はそういうかたちの結婚を望まれている可能性がある。

そんなふうに考えながらもケーキを喜んで頬張る私を、神官様は微笑ましく見ている。

ご自身もひと口食べて、衝撃の発言をした。

「おお～、ノーベルト様も腕を上げてきたな」

……まるで、ノーベルト様がお作りになったようにおっしゃる。んん？　と違和感を覚えながらも、ふた口目をいただく。

「このプチプチ食感、毎日食べたくなってしまいます」

「なら、それをノーベルト様に直接伝えてあげてくれるか？　きっと大喜びで毎日焼いてくれると思うよ」

「え、あのっ、このパウンドケーキってお城の料理人が焼いてるんじゃないんですか？」

神官様は私の疑問に、にっと笑う。

「スタイン嬢が神殿に来た翌日、ノーベルト様がバスケットに入れて持ってきたお菓子を、君は美味しいと言っただろう？　それがきっかけになって、自分で作ってきてるそうだ」

確かバスケットには果物や焼き菓子が詰められていて、王太子様が帰ったあとに神官様から『小腹が空《す》いたら食べるように』と勧められたのだ。

その時つまんだ焼き菓子が、すごく美味しかったのを覚えている。それを神官様に伝えてから、ほぼ毎日お菓子が届けられるようになった。

「王太子様が、ご自分でですか？」

「信じられないだろう？　だけど届けに来るノーベルト様からは、バターやら砂糖やらの甘い匂いがしてる。気になって護衛騎士に聞いてみたら、自ら料理人に教わりながら厨房で焼いているそうだ」

スタイン嬢のために、と神官様は付け加えた。

「おっかない顔をしたノーベルト様だけど、スタイン嬢の気が紛れるようにと必死なんだろう。自分で渡せばいいのに、怖がらせないようにといつもこっそり届けに来るんだ」

「ご、ご自分で届けにですか⁉」

「ああ。あの大きな身体から甘い匂いをさせてな。受け取ると毎度菓子は温かくて、きっと焼き立ての物を食べて欲しくて急いでやってくるんだろう」

信じられないと目を丸くする私に、神官様は「今度王太子様が来たら教えるから、帰る後ろ姿をこっそり覗いてみるといい」と言った。

――その時が、やってきた。

神官様が部屋に来て、今王太子様が礼拝堂で居眠りをしていると教えてくれた。

私は足音を響かせないように、そうっと礼拝堂へ近づく。

窓から光が降り注ぐ礼拝堂で、王太子様が椅子に座り、目を閉じていた。

陽光を受けた銀髪はこの世のものとは思えないほど綺麗で、私は近くで見ようとそうっと隣に座った。

瞳は閉じられ、長いまつ毛が頬に影を落としている。硬い表情しか見たことがなかったけれど、寝顔は柔らかなものだった。

「……やっぱり、格好いいなぁ」

ぽつりと、小さな声が自然と出てしまった。

バターの芳醇な香りが王太子様からかすかにした。傍らに置かれた包みは、きっと今日のお菓子だ。

神官様の言っていたことは本当で、王太子様は私のためにお菓子を焼いてこっそり届けてくれていたのだ。

その事実に、胸の中でぐちゃぐちゃに絡まっていた悲しい気持ちがほどけていくのがわかった。純粋な気持ちで私のために時間を割き、陰で尽くしてくれる王太子様に、私も同じ気持ちを返したいと思う。

かたちだけの結婚だって、何か王太子様の力になれることがあれば協力したい。

この瞬間の思い出があれば、私はきっとこの先ここでやっていけるだろう。

優しい光、バターの香り、柔らかな寝顔に、温かな気持ちになる。

王太子様が目を覚ましたら、私はきっと笑顔でたくさんのお礼を伝えられる。

それから王太子様……ノーベルト様とは、お互いのことを話す時間を持てるようになった。あまり笑わないノーベルト様のお顔が、時々ふっとゆるむ瞬間がある。

綺麗な青い瞳が私を映し、細められる瞬間に幸せを感じる。

私はまだ緊張してしまう時もあるけれど、以前よりは距離が縮んだように思える。

私をあのまま神殿へとどまらせたのは、私の身を案じたからだと話してくれた。自分が思っている以上に、聖女という存在が他国からも神格化されていると知り、身が引きしまる思いだ。

夜会のあの男をお城に引き込んだという人間も捕まり、私は城の敷地内なら護衛をつけての散策ができるようになった。

正式に私が聖女だと発表できる日も近いとして、これから暮らす城の様子に慣れて欲しいという王太子様からのお心遣いもあった。

ただ、胸元は隠して欲しいとのことだ。

ノーベルト様は、今日はご自分の護衛騎士であるゼノン様を『一番信用がおける人物』ということで、私のそばに置いてくださった。

「国王様からも、城内を自由に見て回っていいと仰《おお》せつかっています。なので、散策したい時は遠慮なく言っちゃってください」

「では、ぐるっと散歩したいです。ずっと神殿にいたから運動不足で」

「じゃあ、今日はゆっくり歩いて回りましょう。広さだけはやたらある城ですからね」

ゼノン様はとても明るく、ころころと表情が変わる。接しやすく美形ときたら、女性たちの注目の的だ。

メイドや侍女から熱い視線が向けられれば、軽く手を上げて応えている。

しかし小さな声ですぐに「恥ずかしい」と言い、耳を赤くする。

「ノーベルト様は昔からまったく女性の視線や声に反応しないので、何だか気になっちゃって。オレが手を振っても喜んでくれていいけど、実は全然慣れないのです」

「てっきり、女性の扱いには慣れた方だと思っていました」

「いや〜、あの堅物ノーベルト様の世話焼きばかりしているので、オレは恋愛する暇があまりありません」

それにほら、とノーベルト様のお菓子のつまみ食いでふっくらしたという頬をつまんでみせてくれた。

「最近肉がついてきちゃって」

「ふふっ、それなら私も同じです。ノーベルト様のお菓子が最近ますます美味しくなって、あちこちがふっくらしてきた気がします」

「あの人、スタイン嬢が喜んでくれるのがたまらなく嬉しいんですよ。元来の器用さと凝り性もあいまって、今はもう菓子屋も開けそうな腕前にまでなってます」

いつか作っている姿も見てみたい、なんて思っているのは秘密だ。

城内をあちこちと案内してもらっていると、珍しい異国風の衣服をまとった男女が私たちのそばを通った。

女の子の方は私と同じくらいの歳で、褐色の肌にノーベルト様とお揃いの銀色の長い髪をなびかせている。お日様みたいな金色の瞳で私を捕らえると、ニコッと微笑んでくれた。

男性の方も褐色の肌で、年は父と近い雰囲気だ。親子、だろうか。

なぜだかそのふたり――特に、神秘的でキラキラした雰囲気のある女の子から目が離せない。

その時だった。女の子の細い腕に、何か模様があるのが見えた。

一瞬だったけれど、間違いなく何かの花だ。

瞬時に、心臓が凍りついたようにサーッと冷たくなる。

私はふたりの姿が廊下のうんと先に消えるまで立ち尽くしてしまった……。

その夜。ノーベルト様が神殿に来る予定だったが、急遽予定が入ってしまったと使いの者から伝えられた。


翌日になると、やけにざわついた空気が神殿にまで流れていた。

妙に思っていると、さっき朝食のワゴンを下げた侍女が慌てて戻ってきた。

「お嬢様、大変です！」

ただならぬ様子だ。私はすぐに駆け寄って、どうしたのかと尋ねた。

「さっき、神官の方々が集まって話をしているのを聞いてしまって……っ」

はぁっと、侍女は一度息を吐き、これから続ける言葉を口にするか迷うそぶりを見せた。

「どうしたの、教えて？」

侍女の瞳に、みるみる涙が浮かんでくる。

「……聖女様が……もうひとり聖女様が出現されたと……！」

すぐに頭に浮かんだのは、昨日見かけた女の子だった。

私の勘が、あの子意外考えられないと訴えている。

全身から血の気が引く思いだけれど、なんせ詳細がわからない。

泣きだす侍女の肩を抱いて、一緒にソファーへ座るとやや放心状態に陥ってしまった。

私は、まだ自分の夢を諦め切れてはいない。けれど、一方で聖女としてノーベルト様のお役に立ちたいと思っている自分もいる。

こんな宙ぶらりんな状態だけど、もうひとりの聖女が現れたなんて……どうなっているのかと、気持ちはどんどん重くなっていってしまった。

それから小一時間ほどして、ゼノン様が部屋にやってきた。

「スタイン嬢が不安になる前に知らせたいと、ノーベルト様がオレを使いに出したんですが……この様子じゃ間に合わなかったみたいですね」

泣き腫らした侍女の顔と、すっかり気落ちした私にかけられた第一声がこれだった。

「聖女様がもうひとり現れたのは、本当ですか？」

ゼノン様は、表情を引きしめた。

「本当です。昨日、隣国を経由し、陸路でアイリス国に入った方で……滅びてしまって今はもうないゼルマ国の、最後の王女様だそうです。スタイン伯爵がそれを証明しました」

「お父様が……？」

父が証明したと聞いてわけがわからなかったが、あっと思い出した。

父は昔、海の向こうの視察先で熱病に侵された時、とある小国の王族に命を助けてもらった。

「確か、お父様を助けてくださった小国の名前がゼルマです」

ゼルマは侵略されて滅び、王族は行方知れずになったが父は今でも探していた……。

私もいつか会えたならば、父を救ってくれたお礼を伝えたかった方々だ。

「その方にも、花の痣があるのですか?」

「そのようです。確か腕に、と聞きました。物心ついた頃からあると。ただ異国語を話すので、聞き取りに少々苦労しています」

男性は多少こちらの言葉を話せるけれど、女の子はさっぱりらしい。

父が通訳に入り、やり取りをしているそうだ。

「昨日、城で見かけた方々ですね」

ゼノン様は思い出したようで、「あの時の!」と声を上げた。

ぐるぐると頭の中が混乱していく。

聖女がふたり――。

花の痣が現れるのは、アイリス国で生まれた女の子だけのはずだ。

なのに、一体どういうことなんだろう。異国の王女様に花の痣……あの神秘的な女の子が聖女なら誰もが惹きつけられ納得するだろう。

もし、あちらが本物で、私が違っていたとしたら？

ノーベルト様と離れる未来を想像して泣きそうになったけれど、嘆く前にしたいことがある。

私は長年の願いだった、父を助けてくれたお礼を伝えたい。落ち込むのは、それからだ。

「……私、ちょっと驚いてしまって、夢を忘れて礼儀を欠いてしまうところでした」

「スタイン嬢？」

「ゼノン様。私もその方に会いたいと、国王様やノーベルト様、そして私の父に伝えてくださいますか？」

でも、と困ってしまったゼノン様に、再度頼み込んだ。

私が謁見《えっけん》の間に呼ばれたのは、その日の夜だった。

侍女に正装するのを手伝ってもらい、ゼノン様のエスコートで謁見の間へ向かう。

身にまとったのは、あの夜会の日に着たドレスだ。

切り裂かれたドレスを父に預け、仕立て屋に修繕してもらっていた。ちょうど今日、母から私に届けられたのだ。

「女は度胸よ！　気持ちで負けちゃだめ」と母は私の背中を思い切り叩き、「何かあったら帰ってきなさい！」と私を勇気づけて帰っていった。

「エスコートするのがオレですみません。ノーベルト様はどうしても席を外せなくて」

「ノーベルト様は、どうしていますか？」

「……いつにも増して無表情です。誰かに、聖女をふたりとも娶れとでも言われたのでしょう。怒りの感情がダダ漏れています」

妃と側室を持つ……アイリス国では可能なことだ。次期国王であるノーベルト様は、将来の国の繁栄を考えた行動をとらなければいけない。

――聖女がふたりで、ノーベルト様を支える未来もあるのだ。

細く息を吐き、背筋を伸ばす。

胸を張れ、下を向くな。

そうやって自分を必死に鼓舞して、謁見の間の扉の前に立った。

重厚な扉が両側からゆっくりと開かれる。

目に飛び込んできたのは煌びやかで大きなシャンデリア。天井に連なるように吊るされキラキラと輝いている。

ゼノン様のエスコートはここまで。玉座に向かって伸びる、赤い絨毯《じゅうたん》の上を進む。

壁際には護衛兵が均等な間隔で配置されていて、皆の視線が私に集まった。

ノーベルト様は国王様のおそばに立ち、元王女様と男性は壇上の下、右手に父と一緒に控えていた。

元王女様は、私を見てニコニコしている。

ある程度の距離まで歩いて止まり、女性の最敬礼であるカーテシーをした。

「お初にお目にかかります。スタイン伯爵の娘、サヤ・スタインと申します」

ノーベルト様にどことなく雰囲気の似た国王様が、静かに頷く。

「サヤ、神殿での暮らしには慣れたかい？」

国王様が、柔らかな声で聞いて下さる。

「はい。ご配慮いただき、ありがとうございます。困ることなく生活しております」

「ノーベルトが菓子を連日押しつけに行って大変だっただろう。我もすっかり餌付けされて黙らされてしまった」

アッハッハと、国王様の笑い声が謁見の間に響く。

「ところで。サヤはゼルマ国の元王女、マーレに会いたかったそうだな」

「はい、その通りです。父が昔、熱病にかかり生死をさ迷った際に、ゼルマ国の方々に助けられたと聞いております。そのお礼をお伝えしたく、お会いしたいと願い出ました」

まっすぐに国王様を見ると、「うん、うん」と頷いている。

そうして国王様は玉座から、そのマーレ元王女に向かって手をついっと動かして、私の元へ行くようにと動作で示した。

父がそばにいき、重ねて通訳をする。

マーレ元王女はこくりと頷いて、ひとりで私のそばに来てくれた。

父が動かず控えたままなのは、私だけでもマーレ元王女と会話ができるだろうと思ってくれたからだろう。私が続けてきた勉強で身につけたものを、父が認めてくれていたのならとても嬉しく思う。

私は元王女に対し、カーテシーをする。そうして、落ち着くために静かに息を吐いた。

『マーレ様。私はスタイン伯爵の娘、サヤ・スタインと申します』

父の仕事に憧れて、長く異国語の勉強をしていた。マーレ様の目の輝きを見て、その語学が今役に立ったのを実感し、心が震えた。

国王様が、おおっと驚いている。

ノーベルト様は、目を見開いているようだ。

『サヤ！　あなた、ゼルマの言葉が喋れるの⁉』

『はい。ゼルマ国の言葉は表現が豊かで興味深くて。父や本から学びました』

『すごいわ、わたしは耳に少し障害があって、聞き取りが苦手なの。だから新たな語学の勉強が捗《はかど》らなくて。ゼルマの言葉なら聞き取れるから……ああ、同世代の女の子と言葉を交わせて嬉しい！』

頬を紅潮させ、喜びで金色の大きな瞳がキラキラと光を宿す。

マーレ様は国王様の御前にかかわらず、私に抱きつく勢いだ。

『私の父が生死をさ迷った際には、ゼルマの皆様に命を助けていただきました。そのお礼をお伝えしたいとずっと思っていて……父を助けてくださって、本当にありがとうございました』

深々と頭を下げる。もうゼルマ国の方々には会えないと思っていたから、目頭が熱くなってしまう。

そんな私に、マーレ様は優しく柔らかな声で語りかけた。

『頭を上げて。あの時わたしも小さかったけど、はっきりと覚えていることがあるわ。スタイン伯爵は熱にうなされながら、サヤ、サヤとずっと言っていた。あれはあなたの名前だったのね』

『父が、私の名前を……』

マーレ様の金色の瞳にも、涙がたまっていく。

『ああ、サヤ。わたしはあなたに会えて良かった。きっとこの花の思し召しね』

マーレ様は腕に示された花の痣らしきものを、私に見せてくれた。

ぐっと胸が苦しくなったけれど、朝のような真っ暗な気持ちにはならなかった。

湧き上がったのは、仕方がない、という思いだ。

こんなに明るくて素敵なマーレ様に、私は嫉妬や憎悪の感情を抱けなかった。

正式な聖女にマーレ様だけが選ばれても……身を引けると思ってしまったのだ。

泣き笑いみたいな、くしゃくしゃの顔になってしまう。

玉座で国王様のおそばに控えるノーベルト様のお顔を見ると、彼はハッとした表情で、こちらに来ようとする素振りを見せた。その時――。

『サヤにはあとで、わたしの愛する夫を紹介するわ』

ね？　とお付きだと思っていた褐色の男性に、マーレ様が微笑みかけた。

……えっ⁉

『……あの、マーレ様、旦那様がいらっしゃるのですか⁉』

思わず出た素っ頓狂《とんきょう》な声に、ノーベルト様や国王様は驚いた様子だ。

マーレ様は花が綻ぶような笑顔を見せた。

『ええ。彼は私の護衛騎士だったのよ。国がなくなった時、隣国の国王の側室にさせられそうだったところを、連れて逃げてくれたの。私はまだ六歳だったわ』

『ゼルマ国の王族の方々は、皆さん行方不明だと聞いていました。父も皆さんを、ずっと探していて……』

『生き残った王族たちは散り散りに逃げて、今は結婚したり旅したりして、世界中で生活している。わたしたちは、親族たちが元気にしているか確かめるために旅をしているの。ここへ寄ったのは、スタイン伯爵を思い出したからなのよ』

全身の力が抜けそうになって、私は思わずノーベルト様を見て小さな声で名前を呼んでしまった。

ノーベルト様はすぐに私のそばへ駆けつけてくれて、腰が抜けそうな私を支えてくれた。

「大丈夫か、どうした？」

「ノーベルト様、マーレ様は既婚者だって存じ上げていましたか……？」

ノーベルト様は、ギョッと目を見開く。

「いや、知らなかった。夫がいるのか？」

「そこに控えている方が、旦那様だそうです」

驚くノーベルト様と私、同じく国王様や父。ニコニコ顔のマーレ様も合わせて、一斉にその男性に視線を向ける。

壇上の下で父と一緒に控えていたその男性――マーレ様の旦那様は、皆の注目を集めながらも眉ひとつ動かさず、落ち着き泰然とした態度で静かにマーレ様を見ている。

『あれっ、もしかして、皆驚いてる?』

からからと笑うマーレ様に、私はノーベルト様の腕の中から『それはもう、とても驚いています』と伝えた。


翌日、国王様が城の応接間の一室を用意してくださり、私と父とでマーレ様たちから改めて状況を伺うことになった。

まず、マーレ様の腕にある花の痣について。

これは痣ではなく、ゼルマ国に昔から伝わっていた繁栄を願う『彫り物』だという。

特殊なインクを細い針につけ、一刺しずつ皮膚の下に色を置いていく技術だそうだ。

それは赤ん坊のうちに施すそうで、成長過程で柄は皮膚に引っ張られ伸びてしまうのだという。

けれどマーレ様の『彫り物』はあまり崩れることなく、花の形を保っていた。

マーレ様のご両親は国を侵略された際に命を落としてしまい、マーレ様が捕虜として隣国の国王の側室にされそうになったところを、護衛騎士だった旦那様が探し出しふたりで逃げたのだそうだ。

生き残り散り散りになったゼルマ国の王族たちは、逃げのびた先で新たな生活を送っている。

マーレ様たちは主従関係から去年ご夫婦になり、旅をしながら陸路で世界を回っているという。

そうして旅の終盤で父を思い出し、アイリス国に寄ってくださったのだ。

マーレ様の痣を見た者が『聖女』だと騒ぎ、わけがわからなかったそうだ。

『この花を見た人が驚いて、そのうちに皆がわあわあと、興奮していくのはわかったわ。わたしたちはもっと早くスタイン伯爵にたくさんの説明をすべきだったわね』

『いいえ。こちらこそ戸惑わせてしまい、申し訳ありませんでした』

『とんでもない！　こちらこそ騒ぎにしてしまって申し訳なかったわ。だけどこの花の彫り物のおかげで国王様にもすぐにお会いできたし、それでスタイン伯爵にも再会できた。何より、サヤと出会えたのはとても嬉しいわ』

そう言って、マーレ様は照れ臭そうに私の手を小さく握った。

その温もりからマーレ様がずっと抱えていた寂しさみたいなものを感じて、私はマーレ様の華奢な手を大切に握り返した。

父の申し出で、マーレ様たちがこちらに滞在する間は、スタイン家で過ごしてもらうことになった。

これから王都観光へ向かうというおふたりを見送り、私と父は顔を見合わせてほっと息を吐いた。

「サヤ、あんなにゼルマの言葉がうまくなっているとは思わなかったよ。謁見の時もだけど、正直驚いた」

私は父に褒められ、嬉しくなる。

「だって本気でお父様の仕事のお手伝いがしたかったもの。海の向こうでは何でも自分でしなくちゃって、とにかく語学は頑張ったのよ。それに、ゼルマの方々にちゃんとお礼を言いたかったから」

もう使いどころがなくなるかと思いきや、今回ひょんな巡り合わせでマーレ様たちにお会いできて良かった、と心から思った。

「また、こういう時が来たら僕を手伝ってくれるかい？」

父は初めて、私に仕事を手伝って欲しいと言ってくれた。

実際には父が私に手伝いを頼むのは難しいことかもしれないけれど、そう言ってくれた気持ちがとても嬉しかった。

「もちろん！　勉強したことが錆《さ》びないように、たまに異国の言葉で私とお喋りしてね」

そうお願いをすると、父は「ああ」と目を細めて柔らかく微笑んでくれた。

その夜——。

侍女を下がらせた部屋に、ノーベルト様が訪ねてきてくれた。

驚きながらも迎え入れると、そのまま抱きしめられてしまった。

「きゃっ」

「……ごめん、少しだけこのままで」

大きな身体でぎゅうぎゅうと抱きしめられて、苦しいのに嬉しくなってしまう。突然の抱擁だったけれど、私はノーベルト様の行動を嫌だなんて思えないので拒めない。

ただ顔が熱く真っ赤になってしまっているので、今は見ないで欲しい。

だから熱くなった頰をノーベルト様の胸元にそうっと押しつけると、私を抱きしめる腕にさらに力が込められた。

ノーベルト様のお役に立ちたい気持ちと、好き……という気持ちがどんどん強くなってきている。こんな風に抱きしめられたら、抑えようがない。

なのに私は、この温もりを独り占めすることを諦めようとしていた。

ノーベルト様は、前よりずっと親しみやすい表情を見せてくれるようになった。それに変わらず底抜けに優しくて、甘えてしまいそうになる。

私は笑うことが多くなって、今の生活にも慣れてきた。

勝手な想像だけど、マーレ様の登場にノーベルト様は相当まいっていたのかもしれない。

聖女が同時に、ふたり。

聖女は暴れたりする猛獣ではないけれど、とても慎重に扱わないといけない存在だ。今だってかなり気を使われて大切にされている。

アイリス様の愛し子をぞんざいに扱うわけにはいかない。どちらかを側室にするにしてもそれをどうやって決めるのか、それで揉めないとも限らない。

聖女……妃としてふたりとも立てようとすると相当な気配りが必要になるし、いつかふたりの妃との間に生まれる子供たちの王位継承権など、複雑な問題が出てくる。

ひとりで聖女ふたりの相手は、荷が重いと感じてしまったのではないだろうか。私がノーベルト様だったなら、頭を抱えてしまうだろう。

そんなことを抱きしめられながら考えていると、ノーベルト様が口を開いた。

「……明日、神官から正式に話がある。だけどスタイン嬢には俺から伝えたくて、こんな時間に来てしまった」

「ノーベルト様なら、お好きな時間に来てくださって構いません。それで、神官様の話って……？」

抱きしめていた腕がゆるみ、真っ青な瞳がまっすぐに私を見つめる。

「サヤ・スタイン嬢」

「はい」

改まって名前を呼ばれ、ドキドキと緊張が増していく。

「……君は、正式なアイリス国の聖女として認められた」

「私が……聖女」

「ああ。俺は、スタイン嬢ただひとりが聖女であってくれて……心から安心した」

ふっと微笑んだノーベルト様が、小さな声で「本当に」と加えて呟いた。

やっぱり、聖女がふたりいるのは気が重かったのだろう。

色々と疑ったりもしたけれど、私は本物の、アイリス国の聖女のようだ。

つまりは、ノーベルト様の……将来の伴侶だ。

ほうっと息を吐くと、身体からすとんと力が抜けてしまった。

ノーベルト様が、私のくたくたになった身体を優しく引き上げてくれる。

「ごめんなさい、何だか気が抜けてしまいました」

「いい、構わない。明日の儀式の時も、こうやって安心して身を預けてくれ。最大限の努力をして優しくするから」

……ん？　儀式？　そんな話はまだ聞いていない。

「あ、あの、儀式って何ですか？」

えっ、と言ってお顔を見るとノーベルト様はぽかんとしている。私は言葉を続け謝った。

「儀式？　というものがあるんですか？　すみません、何もわからなくて」

「ああ、すまない！　俺が一人勝手に気が急いていたんだ。スタイン嬢が神官から正式に儀式の内容を聞くのは明日だった……」

「でも、明日のことなんですよね？　差し支えなければ、今教えていただけないでしょうか？」

何だか気になる。教えてもらえるなら、今知りたい。

元々、好奇心旺盛なのもあって、まっすぐにノーベルト様を見つめて返事を待つ。

しかし、なかなか返事がもらえない。

あー……だの、うーんだの、ノーベルト様は顔を赤く染めて呻《うめ》く。一国の王太子様を茹《ゆ》でダコみたいにしてしまう儀式とは、一体なんなのだろう。

ついに意を決したノーベルト様が、口を開いた。

「……『開花の儀式』と呼ばれている」

「開花、ですか」

「ああ。儀式では、この神殿の地下で……」

「神殿に地下があるなんて知らなかったです。すごい、明日見られるんですか⁉」

ここで生活を始めてから、地下があるなんてまったく気づかなかった。

どんな場所なのか、ワクワクしてしまう。

「……そこで……俺とスタイン嬢が……するんだ」

赤くなっても格好いいお顔で、ノーベルト様は喉から言葉を絞り出した。

する、って。何をするのか。

次の言葉を待つ私に、ノーベルト様はさらに赤くなり汗までかき始めた。

尋常ではない様子に、これはただごとではないと察知する。

まさか、まさか……！

「こ、殺し合い？」

ノーベルト様は突然がくりと床に膝をつき、ご自分の顔を手で覆い隠し、やっと小さく声を上げた。

「……違う……セックスするんだっ」

耳まで赤く染める姿を、私は呆然と見下ろす。

――せ、セックス？

「えっ！　私と、その、ノーベルト様がですかっ……？」

慌てて私も、ノーベルト様と視線を合わせるためにしゃがみ込んだ。

端正なお顔が、これ以上ないくらいに真っ赤になっていた。顔を覆っていた手を外してくれたけれど、視線は私から外したまま頷く。

……びっっっくりして、思考が停止してしまった。そうして、疑問が思考を通さずただ口からポンと飛び出た。

「どうして……!?」

ふたりの間に、しばしの沈黙が流れる。

ノーベルト様は、気持ちを切り替えるためか咳払いをした。

「……地下に、秘密の泉が湧いているんだ。そこで互いに身を清め合い、セ、セックスすると聖女に加護の力が与えられると昔から伝えられている」

そんな大事なこと、私はまったく知らなかった。

もし私が本物の聖女だったら、ノーベルト様と夫婦になるのだから、そういったこともそのうちにあるのかもしれないとは思っていた。

だけど、こんなに急だなんて……。まだ心の準備も、少しふっくらしてしまったお腹のお肉を減らす運動もできていない。

なのに、嬉しい気持ちもじわじわと湧いてきている。

全身が燃えるように、恥ずかしくて赤く熱くなってきてしまった。

頬が火照《ほて》ったまま声が出ない私に、ノーベルト様は説明を続けてくれた。

「聖女の伴侶が王族と決まっているのは、王族でしか聖女の力を開花させられないからなんだ。アイリス様が国を創られた時に、最初に見つけた人間が、今の王族の祖先だからだと聞いている」

「ひゃい……」

頭は羞恥で混乱し始めていて、変な返事をしてしまった。頭がくらくらして、目も回りそうだ。

私の顔は今、赤いのを通り越して紫色になっているかもしれない。何しろ展開が急すぎるのだ。

「サヤ、だっ、大丈夫か?」

「……き、緊張してきてしまいました。ノーベルト様に自分の肌を晒す……のがとても恥ずかしくて……ああっ、失礼のないよう明日までに湯浴みを十回はいたします」

とても大切な儀式だろうから、私の心の準備ができるまで待って欲しい、なんて願い出ても延期は無理な話だろう。なら、今からできる限りの準備をして、挑むしかない。

とりあえず、湯浴みだ！

「なら、俺も十回、湯浴みをしてこよう」

「そんなっ、ノーベルト様はそのままで十分清潔で格好いいですから、いいんです！」

ノーベルト様は笑って、「スタイン嬢だってそのままでいい」と私を抱き寄せた。

「明日は誠心誠意を込めて優しく尽くす。不安だろうけど、頑張るから身を任せて欲しい」

真剣なノーベルト様の声や眼差しに、私はドキドキと胸を鳴らし、ただ強く頷くことしかできなかった。


一睡もできないまま夜を明かすと、朝の早い時間に神官様がやってきて正式な聖女に認められたと知らされた。

そして今夜、開花の儀式があると教えられた。

事前にノーベルト様が教えてくれていたから、多少は気恥ずかしかったが落ち着いて話を聞くことができた。

夜がふけると、神官様が部屋に迎えに来てくれた。そして隠された階段を下り、地下へと向かう。

階段を下り切った先には、何本もの白く太い大理石の柱に支えられた、薄暗い地下神殿が広がっていた。微かに水が流れ落ちる音が、この神秘的な空間に響いている。

果てしなく長い時間、限られた人たちの中でだけ秘密が共有され、上の神殿とは違う閉じられた雰囲気に息を呑んだ。

「わしの案内はここまで。この先にノーベルト様が待っているから」

神官様とはそこで別れ、辺りを見回しながら歩いていくとノーベルト様が待っていた。

ほのかに青く光る、まるで円形のプールに似た神秘的な泉が見える。

「この泉で身を清め合うんだ。もう人払いをしてここには誰もいないから、俺とスタイン嬢のふたりきり……いや、サヤと呼んでもいい？」

ノーベルト様が差し出した手を摑む。

「サヤと、呼んでください」

「ああ、サヤ。来てくれてありがとう」

大きな手のひらが頬に触れ、そのままそうっと静かに唇が落とされた。

生まれて初めての口付けは想像以上に柔らかな感触で、夢中になってしまう。

「……っ、はぁ」

「サヤの唇はまるで甘い果実のようで、止められなくなってしまう」

器用なノーベルト様の手は、私のドレスの紐をするすると解いてホックを外し、脱がせていく。

薄暗い中、ランプの明かりだけが光源となっている。

時折目を開くと見える、ノーベルト様の男らしい表情にドキドキしてしまう。

胸元がちりちりと痛み、痣が浮き出てきた。いつもより、ずっと熱く感じる。それに何だか、花の香りがずいぶん甘く匂う。そのうちに頭がぼうっとして、羞恥心が次第に薄れていく。

変な感じだ。それに、何だか気分が……昂っていく。

ノーベルト様は高い鼻を私の胸元の痣に付け、すうっと嗅いだ。

それがくすぐったくて、身を捩《よじ》る。

「……これは、泉がそばにあるせいかな。花の香りに催淫の作用でもあるみたいだ」

「催淫……？」

「性欲が高まる作用だ。サヤは俺に触れられて、嫌な感じはしないか？」

そう耳元で囁かれ、甘い痺れが背中に走る。

「やぁ……っ」

「感じやすくなってるのか、元々がそうなのかな？」

ちゅうっと耳たぶをしゃぶられて、堪らずノーベルト様の頭をかき抱いてしまった。

そこから口付けされ、胸がいっぱいになって泣きだしそうになってしまった。

たどたどしい口付けが、だんだんと深いものに変わっていく。

生温かいノーベルト様の舌で口の中を舐《な》められて、息継ぎをするたびに甘い声が漏れてしまう。

「んんっ……ふあ、……あんっ」

「可愛いサヤ、このままじゃ身を清め合う前にここで君を抱いてしまいそうだ」

ノーベルト様はそう言いながら、私の下着をすべて脱がせ、自分もぱぱっと裸になると私を抱きかかえて泉に足を入れた。

心臓が痛いくらいドキドキと高鳴る。触れ合った素肌が、燃えるように熱い。

泉と聞いて冷たさを覚悟していたけれど、それは杞憂だった。泉なのに水は人肌の温度で、寒さなどは感じない。

深さは二十センチ程度で、溺れる心配もなかった。

「何だか、子供の頃に庭に用意してもらったプールみたいです」

「確かにそうだな。それにちゃんと身体を拭くものは用意してあったぞ」

「良かったです、ずぶ濡れで戻らないといけないかと思いました」

会話をしている間も、裸で触れ合う肌が蕩けるように熱くなっていく。水に濡れたノーベルト様の身体はとても逞《たくま》しくて、目が離せなくなってしまう。

対面になるようノーベルト様の膝の上に跨るように座らされて、私は気恥ずかしくなってしまった。

「最大限に優しくするから……」

痣をなぞるように、ノーベルト様の舌が素肌に這う。私はたまらなくなって、ノーベルト様の肩に手を置き声を漏らす。

「……ふっ、んんっ」

私の腰を支えていた両手が、脇腹へとせり上ってきた。びくっと反応してしまうと、乳房が揺れる。

大きな手にゆっくりと掬《すく》い上げるように触れられた乳房は、その手のひらの中で柔らかく形を変えていく。

普段は何も感じないのに、ノーベルト様に触れられると、どこもかしこも甘く痺れるようになってしまう。

「あんっ、ぁあっ……ッ！」

「ふわふわで、だけどここは硬くなってる……」

乳房の先、乳首を指できゅうっと軽くつままれた。

びりびりっと体中に快楽が走り、お腹の奥が切なくなる。

「ノーベルト様、私の身体、変です……どこに触れられても、気持ち良くて、おかしくなりそう」

乳房を揉《も》まれ、先端を口に含まれる。吸われたまま甘噛《が》みまでされて、きゃうっと悲鳴じみた声が出てしまった。

「それ、きもちいいですっ、あんっ！」

普段は冷静沈着に振る舞うノーベルト様が、夢中になって私の乳房に吸いついている。

その淫らな光景は、私をどんどん興奮させていく。

バチャバチャッと泉の水面が激しく揺れるほど、私たちはお互いの身体をまさぐる。

お尻に熱いものが当たるたびに、ドキッとしてしまう。

「サヤ、その縁に上半身を預けて、腰を上げられるかな」

手を貸されあっという間に変えられた体勢は、四つん這いに似たものだった。

両手を泉の縁に付き、お尻をノーベルト様に突き出した姿勢はとても恥ずかしくて、すぐにやめようとした瞬間だった。

大きくお尻が割り開かれ、熱い何かが陰部をべろりと這った。

「あっあっあっ、やぁ……ッ、あっ⁉」

ぺちゃぺちゃと、ノーベルト様が舌で私の濡れた陰部を夢中で舐めている。

「やだっ、恥ずかしくてっ、ああっ！」

恥ずかしい、逃げ出してしまいたいのに、ノーベルト様はそれを許さないとばかりに、私のお尻や太ももを掴んで離さない。

「……ああ、どんどん溢れてくる、もったいない。全部舐めよう」

じゅるじゅると、まるでわざと大きな音を立てられているようだ。

「こんな……っ、あんっ！　やぁ……ッ！」

「……桃色で綺麗だ……ほら、ここも気持ちいいかな」

ノーベルト様が指で、陰部の小さな突起を挟みぬるぬると擦る。びりびりっと、感じたことのない快感が腰に走る。

「ひぁっ、あっあっ、あッ！」

舌は陰部に差し込まれて、くにくにと動いている。

「……ッ、すご……い、ああ……っ！」

そのうちに舌が抜かれた。大きく足が開かされて、ぬるぬるに濡れた陰部にゆっくりと指が挿入される。

「……指でじっくり慣らしたら、俺を受け入れて……」

低く艶のある声に、陰部の奥、肉壁が無意識にぎゅうっと締まる。ノーベルト様の指は慎重にゆっくりと中を広げていく。

私の様子を見ながら、指を増やし、じわじわと肉の壁を優しくなぞり広げていく。

「痛くはないかい？」

「……はい、なか、変な感じがするのに……っ、ぎゅってなってしまいますっ」

「……そのまま、気持ちよくなっていこう」

ぐちゅぐちゅと淫らな水音は、大きくなるばかりだ。

時間が経つと、私はノーベルト様の長い指を離すまいと、自ら誘うように腰を振ってしまっていた。

「そろそろ、サヤの中に入りたい……」

抜き差しされていた指が抜かれ、また舌が陰部を這う。さらに濡らされたところに、熱い、ノーベルト様のものが押し当てられた。

「あっ」

いよいよだと思うと、少しだけ痛いかもしれないと不安が頭をよぎる。

それを察してか、ノーベルト様は私を安心させるように、そっと体を撫でる。

「力を抜いて、心配しないで。いきなりは挿入しないよ……」

肉の熱い切っ先が、くちくちと膣の入口を擦る。ぬめりでぬかるんだ場所に、本当に少しずつ入ってきた。

「……ッ、あ、ああ……っ！　おおきい……ッ」

ず……っ、ずずっと、背後から挿入されて膝ががくがくと震えてくる。痛みで力が入りそうになると、優しく背中を撫でられた。

自分の中が、熱いノーベルト様のもので満たされていっぱいになる不思議な感覚に、また震える。は、は、と小さく息が漏れてしまう。

「……全部入った。まだ動かないから、抱きしめさせて」

背後からノーベルト様に繋がったまま抱きしめられて、涙が出そうになる。

繋がったところがじんじんと痛みはするが、我慢できそうだ。

「……私は大丈夫なので、動いてください」

「ありがとう……、そうっと動くから」

ゆるっと腰が引かれ、またじわじわと押しつけられる。それが数度繰り返されると、ぎゅうっと締めていた入口が濡れて慣れてきたのか、動きやすくなったようだ。

痛みの中にかすかな快感が生まれ始めて、それを体が拾えるようになってきた。

突かれるたびに、じいんと擦られた内側に何とも言えない快感が生まれる。

「んんっ……ああ、あ、あっ、あッ！」

「少し慣れてきたかな……サヤ、抱き合ってしよう。俺の上においで」

ずるりと抜かれて、お腹の中が急に寂しくなってしまった。私は早くノーベルト様とまた繋がりたくて、その大きな身体に抱きついた。

ノーベルト様は私を跨らせて、切っ先を押し当てた。ぐっと腰を落とすと、痛みを伴いながらもまたノーベルト様と繋がれた。

汗と泉の水で濡れて、額に張りついた髪を整えてくれた。それから口付けをされると、お腹の中はキュンキュンとノーベルト様のものを締め上げる。

「……あっ、ああっ、ぁンッ！」

突き上げられ、快感を覚える。たまらなくなって、ノーベルト様の首に腕を回して身体を密着させる。

「サヤの中、気持ちがいい……っ、ずっとこうしていたい」

「私も、あッ、ぁっ、やっ！」

ググッと奥を突かれ、しがみつく腕に力が入る。

またふわりと強く花の香りが漂うと、ノーベルト様の抽挿が速くなる。抉るように動かれて、背中が仰《の》け反る。

くっと漏れるノーベルト様の甘い息に、私の興奮が煽《あお》られる。

「……もう、達しそうだ……っ」

その言葉だけで、また身体が反応してしまう。

「あッ、あんっ……ああっ！　あッ！」

力いっぱい抱きしめられて、膣の中でノーベルト様のものがびくびくと脈打つ。

はあっ、はぁ、とふたり揃って肩で息をする。

お腹の内側から、じわり……じわりと何かが染みて、痣がまた熱くなってきた。

脱力しノーベルト様に抱っこされたままなのが心地良くて、私はそのまま重くなってきた瞼を閉じてしまった。

四章

サヤとふたりで儀式に挑んでから、変化したことがいくつかある。

まず、聖女の証であるサヤの胸元の痣が、消えることなく常に浮き、定着した。

これが『開花』だという。

ただ、痣が浮いた時にする花の香りを感じ取れるのは、俺とサヤのふたりだけのようだ。

加護も大切だが、俺はこれからサヤが聖女という大きな役割に潰されないよう、一生守ると改めて強く心に刻んだ。

ますます清らかな空気が、神殿だけにとどまらず城や王都全体にまで行き渡り始めた。

ある者は神殿から光が流れ出すのが見えると言い、またある者は人々や街が活気づいてきたと言う。

国民がいい変化に気づきだし、聖女が出現したのだろうという噂で持ち切りだという。

そして……あの柔らかな肌をまさぐり、味わい、最奥に自分を刻んだ夜から、俺のサヤに対する愛おしいという感情はさらに溢れ出していた。

「なぁ、ゼノン。俺はサヤがさらに愛おしくなって、毎日顔を思い浮かべるたびに七転八倒しそうなんだが……どうしたらサヤも俺を好きになってくれると思う?」

さっきまで辺境伯と、穀物の蓄えや新たな貯蔵庫の造設について打ち合わせをしていた。執務室に戻り、すぐに目を通すべき重要な書類を抜き出しながら、暇そうにドアのそばに控えるゼノンに聞いてみた。

「え、そんなこと考えてたんですか? 無表情だから全然わからなかったです。床を転げ回ってるノーベルト様を見るのは嫌なのでやめてくださいね～! っていうか、この間の朝帰りですよ! スタイン嬢の部屋に行ったんですよね?」

儀式の夜の話をしているんだろう。あれは王族だけに伝わる門外不出の儀式なので、ゼノンは地下神殿や儀式のことを知らない。

「部屋……ああ、行った」

正確には、部屋の真下の地下神殿だけれども。

「朝帰りってことは、多少はいい雰囲気になったんでしょう?」

こくりと無言で頷く。いい雰囲気どころか、儀式という名のセックスまでしてしまった。

痣から香り立つ匂いで理性が吹っ飛びそうで、思い返せばサヤにはかなり無理をさせた。

「……で、何でそこで好きだって言えないんでしょうか」

ハッとすると、ゼノンから「今気づいたみたいな顔をしないっ」と突っ込まれてしまった。

「その通りだ、どうして俺は……！」

サヤにとっても初体験だったのだから、もっと言葉でも……抱いているのは儀式のためだけではないということを伝えるべきだった。

自分を好きかどうかもわからない男に、仕方がないとはいえ身体を初めて開いたサヤの気持ちを考えたら胸が潰れそうになる。

「慢心じゃないですか？　スタイン嬢は正式な聖女だって認められて、将来はノーベルト様のお妃です。気持ちなんて伝えなくても、自分の嫁だっていう思いがあるんでしょう？」

そんなつもりは一切ないが、ゼルマ国の元王女が現れた時……本心はとてもまいっていた。

妻にするのは、サヤただひとりだ。

側室を持つなんてもっての外で、自分には必要ないと思っていたところに、元王女の登場だ。

――現れる聖女は、『ひとり』とはどこにも記されていない。

そう高位神官から聞かされ、まるでとんちだなと思ってしまった。

『ひとり』とは記されていないから、『ふたり』もあり得る……アイリス様の愛し子、国に繁栄をもたらす聖女は何人いてもいい、という見解だ。

そのための側室制度だなどと言いだす者もいて、その口を塞いで縊《くび》りたくなった。

それが俺の表情に出たのか、言った者は真っ青な顔をして黙ったが、父上の顔は明らかにそれもありだと物語っていた。余計なことを言ってくれたもんだ。

また違う者は、『スタイン嬢が聖女でない可能性もある』と言いだした。高位神官からの判定が出なかった場合は、元王女が正式な妃となる場合もあり得るとのたまった。

普段からそのくらい想像力を働かせて仕事をしてもらいたいものだが、新たな可能性に心は深く沈む。

いつか現れる聖女との結婚が決められた身ではあるが、俺はサヤにひと目惚れし……サヤが聖女かもしれないという奇跡的な巡り合わせが起き、天にも昇る気持ちだった。

サヤは俺の特別で初恋の人で女神だ。今さらもう、他の女性との結婚なんて一切考えられない。

責任とサヤを想う気持ちの板挟みになっていたが、結局は元王女は聖女ではなく、しかも既婚者だと判明した。

その後、高位神官からサヤは聖女だと夫になる俺が先に聞かされ、その足でサヤの部屋へ向かった。

戸惑う彼女を抱きしめ、安堵した。

あんなにも強く女性をこの腕に抱きしめたのは初めてだ。華奢な肩、細い首、絹に似た美しい髪……もっと力を入れれば壊れそうな存在だった。

サヤの温もり、激しい欲情を受け止めてくれた彼女の優しさに、乱れていた心が凪《な》いでいく。

そうして俺は、自分が思っているよりもずっと精神的に弱い、ただの男だったことを思い知った。俺ばかりが自分の心に振り回され、サヤにとっては頼りないように思えるだろう。

儀式のために先に肌を合わせてしまったが、彼女の気持ちが追いつくようこれから挽回したい。

「……慢心と言われたら、そうかもしれない。俺はサヤの優しさに甘えている」

「歴代の王族と聖女様の結婚、貴族の結婚だって、最初はこんな感じなんじゃないかなって思いますよ。オレもそのうちに結婚の話が来て、手探りで夫婦になっていく気がします」

きっと相手に気を使わせちゃうと思いますよと、ゼノンはフォローを入れてくれた。

ゼノンの家も爵位持ちで、代々王族に仕える騎士の家系だ。長男のゼノンが俺の護衛騎士、ゼノンの父は騎士団の方で剣術の指南をしている。

本人は明るく人当たりもいいので、見ていると女性から熱い視線を注がれているようだ。見合いの話など絶えず届いていそうだが、まだ結婚する気はないらしい。

「サヤを大事にしたい、大切にしたいんだ。……そうだ、好きになってもらう前に、そういった気持ちが伝わればいいなと思う。ああ、でもこれじゃ、自分の押しつけやアピールばっかりだな」

またもや自分のことばかりだとため息をつく。

「我々も身分はあれど生き物ですからね。鳥だってオスがメスに求愛する時には囀《さえず》りながら自分を良く見せるためにダンスを踊るんですよ？　オレらだって同じです」

「鳥と同じ……」

「ええ。でき上がった巣を見せて、自分の器用さや献身的なところを見せるオス鳥もいます。実のところ、我々は女性に選んでもらうために、気持ちを伝えるよりも先に行動する本能が潜在的にあるのかもしれません」

「気持ちを伝えるよりも、先に？」

「物を贈ると、反応がすぐ返ってきますから男にはわかりやすい。そのぶん、気持ちを伝えることをサボりますし、言わなくても伝わるだろうと勝手に思ってしまいます」

男が宝石、ドレス、美味しいお菓子を買うのはほとんどは女性のためだと、ゼノンはくつくつと笑い、窓の外を見た。

俺もつられて視線を外へやると、つがいだろうか……二羽の野鳥がダンスでも踊るように空を横切る。

「……明日にでも、サヤを自室や城の図書館に誘ってみようかな。菓子も用意して、いい茶葉で淹れた紅茶でもてなして」

「おっ、いいアピールですね。スタイン嬢は喜ぶと思いますよ。なんせノーベルト様は国で一番大きな巣をお持ちなんですから」

「それから、好きだって今度こそ伝えようと思う」

「喜んでくれるといいですね。なんせ二年の片想いでしたから」

サヤは驚くだろうか。優しいサヤのことだから困っても顔には出さないだろう、なんて考えると酷く胸が切なくなった。

夜になり、明日のぶんまで何とか仕事が一段落ついた。誰もやってくる予定がなく、書類仕事だけだったのが幸いした。

執務室をあとにし、食事も取らずに神殿へ向かう。

約束もなくやってきてしまったが、サヤは笑顔で迎えてくれた。

テーブルにお茶の用意をすると言ってくれたが、やんわりと断りソファーへ並んで座った。

彼女の姿をひと目見ると、もうだめだ。サヤの肌を知ってからは離れたくなくなってしまう。

しかしお互いに顔を合わせると顔が熱くなってしまい、もごもご口ごもってしまう。

「こんな時間に、約束もせずにやってきてすまない」

サヤはすでに湯浴みを済ませたあとのようだった。湯上がりに肌に塗り込むのか、上気した肌にいい香油の香りが漂う。

ゆるくまとめられた髪、一枚上着を羽織ってはいるが、身体のラインがわかるシンプルな寝間着から勝手に色気を感じ取ってしまい、凝視してしまった。

「こんな格好で申し訳ありません。今日は早い時間に湯浴みをしたので、うう……そんなに見ないでください」

「サヤがそこにいるだけで、つい目が奪われてしまうんだ。申し訳ない」

「そ、そんな、謝らないでください。私の方こそ、変に意識過剰みたいな風に言ってしまって……っ」

かあっとさらに顔を赤くするサヤに、俺も、今度こそ顔が火を噴くかと思うくらいに熱くなった。

早く、早く本題を切り出さないと、丸焦げになりそうだ。

「明日、もし良かったら一日一緒に過ごしたいんだけど、どうだろう。サヤの住まいが城に移る前に、改めて色々と説明や案内をしたいんだ」

城内にある大きな図書館。国外の王族から贈られた珍しい宝飾品や書物などが保管された宝物庫に、まだ城でしか栽培されていない新種の薔薇が並ぶ温室。

見てもらいたいものが、たくさんある。

それを聞いたサヤは、まん丸の目をさらに見開いて驚いている。

「……私、お城の方で暮らせるんですか？　てっきりずっと神殿暮らしなのかと思っていました」

俺も、その言葉に驚く。

「いや、城暮らしだ。俺はサヤに……ずっとそばにいて欲しいと思っている」

サヤの見開いた目は揺れて、ふいっと下を向いてしまった。

何か、気に障るようなことを言ってしまったんだろうか。サヤは膝の上に置いた手でこぶしを作り、白くなるまで強く握っている。

逆に可愛らしい鼻は赤くなり、瞳は涙をみるみるたたえた。

「……っ、何か嫌なことを言ってしまっただろうか」

俺は表情が硬いし、女性に慣れていないので、かける言葉が乱暴だったり失礼だったかもしれない。

サヤはただ、首をぶんぶんと横に振る。

「違うんです……、聖女との結婚はかたちだけだと聞いていたのに、ノーベルト様が優しい言葉をくださるから……」

勘違いしそうになると、小さな声でぽつりと言った。

――聖女との結婚はかたちだけ？

「そんなこと、誰が言ったのか教えてくれないか？」

サヤはきょとんとした顔で俺を見る。

「誰かが面白がってそんな話をしていたんだろう？　その人間がどんな風貌だったか、覚えている？」

「えっと……、どうしてですか？」

「…………」

正直言えば、二度と口が利けないようにしてやりたい。

しかしそんなことは言えない。

夜会の時、サヤの目の前で賊にとどめを刺し強いショックを与えてしまった。あの二の舞は、よほどのことがない限り避けたい状況だ。

「何で黙っちゃうんですかっ？　まさか、何か罰をお与えになろうと思っているんですか？」

サヤは黙ったままの俺の様子に、「言いません」とはっきり言い切った。

「そんな怖い顔をされてもだめです」

「怖い顔は標準装備だ。しかしなぜ言えない？」

「……大切な人なんです。傷つけられたら、私まで悲しくなります」

涙で潤んだ瞳で見つめられ、その〝大切な人〟と呼ばれた人間に対して嫉妬が止まらない。

「サヤを悲しませたんだ。俺はどうにかして、そいつの口を二度と開けないようにしてやりたいよ」

嫉妬に煮えたぎる俺の顔は、酷いものだろう。

サヤは目をそらさない。

彼女が拳を膝の上で握りしめても、静かな怒りは収まらない。大切に思われてるくせに、泣かせるようなことを言うなんてどうかしている。

「……ノーベルト様は、なぜそんなに悲しい顔をされるんですか？」

「そいつがサヤを泣かせたからだ。サヤを泣かすなんて、許されることじゃない。天罰が下らなくとも、俺が下す」

思わず低くなってしまった声でそう話すと、サヤは急に肩を震わせて小さく笑いだした。

「ふ、ふふっ」

「サヤ？」

「そうしたら、私はノーベルト様ともうお喋りができなくなってしまいます」

涙を浮かべていた瞳は、細められている。

俺は自分の名前が出されたことに、とても困惑する。

「どうして？」

サヤはふうっと息を吐いて、目元に残る涙を自分の指で拭った。その濡れた指を握り込む仕草が何とも寂しげで、俺は自分の手を伸ばして包み込んだ。

驚いたようにサヤの手がぴくりと反応したけれど、力を込めると振り払われることはなかった。

俯《うつむ》いたサヤが、話を始めた。

「ノーベルト様はお忘れになっているかもしれませんが、二年前に父に連れられてノーベルト様にご挨拶をさせていただいたことがあるんです」

「……覚えてる」

すぐにそう答えても、サヤは俺が気を使っていると思っているのか反応が薄い。

「たくさんの貴族がいて、ノーベルト様に挨拶をしたい人たちが待っていて。私たちはすぐに挨拶を済ませました」

あの日のことは、よく覚えている。

城に重要な来賓があり、舞踏会を開いてもてなした時だ。

スタイン伯爵が妻以外を伴うことはとても珍しく、俺も娘がいるとは知っていたが顔を見るのは初めてだった。

その時、サヤに出会った。

美しいと評判のスタイン伯爵夫人に似た雰囲気があるのに、それを何だか無理に隠そうとしているように見えた。

俺にはあまり流行りはわからないが、肌を極力隠したドレスが若い娘《こ》にしては珍しく逆に目を引く。

綺麗な髪で表情まで隠そうとしていたけれど、はらりと前髪の間から赤みのある瞳が俺を捕らえた時……心臓が鷲掴みにされた。

頭のてっぺんに雷を落とされたような衝撃……あんなに心が揺さぶられる感覚は生まれてこのかた味わったことがなかった。

強い意志を感じさせる赤い瞳、よく見れば瑞々しい白い肌がそれを際立たせていた。ぽってりとした小さく可愛らしい唇は、挨拶以外の時は引き結ばれている。

それに、あの花の香りだ。

サヤの花の痣からの香りが、あの時はっきりと俺にはわかった。

——それからだ。

それから、忘れなければいけないと思いつつ、サヤを密かに二年間想っていた。

しかし二年前のその時と、どう繋がっていくんだ？

サヤの話を聞こうと、今は黙る。

「私たちが退いたあと、すぐに違う貴族が挨拶されてました。その時……聖女との結婚について聞かれたのだと思います」

その時、意識はすでに去ろうとするサヤの後ろ姿に全部持っていかれていた。

好きな女性など作ってはいけないと厳しく自分を律していたのに、一瞬でガラガラと崩れていた最中だ。

スタイン伯爵と去るサヤの姿を、未練がましく目で追っていた。

「ノーベルト様がその時……」

「俺……?」

サヤが、すんっと小さく赤い鼻を鳴らした。

「……『聖女がもし現れて娶るとしても、それはかたちだけの結婚だ』と」

そう言って、サヤは下を向いたまま黙ってしまった。

俺は自分がどうしてそんなことを言ったのか、頭をフル回転させて考える。

意味もなく、そんなことは言わない。俺は普段、自身の結婚のことなど聞かれても相手にしないのに、その時何かあって答えた。

なぜ、なぜそんな言い方を……。

聖女……、結婚……かたちだけ……。サヤの大きな瞳に映る、困惑した自分の姿をじっと見ながら考える。

——あっ。

「……っ、思い出した。サヤ、俺は自分の子供っぽい感情で、君を傷つけてしまった」

「……え？」

「正直に話す。俺は二年前、サヤに初めて会った時のことを本当に覚えてるよ。あの時、サヤから花の香りがして……俺はそれを言葉にした」

ゆっくりと顔を上げ、こちらを向いたサヤの表情からは、明らかに信じられないといった驚きが見えた。

「サヤの長い前髪の隙間から、その綺麗な赤い瞳が見えた時……自分でも信じられないくらいに動揺した。俺は、生まれた時から聖女との結婚が決まっていたから……恋や愛みたいな感情を自ら遠ざけていたんだ」

もし誰かを好きになっても一緒にはなれないから、最初からそういう感情を持たなければいい。

そうやって、あの日まで誰かを好きになる感情なんてわからずに生きてきた。

手を離し立ち上がって、サヤの前に跪《ひざまず》く。

「あっ、いけませんっ、ノーベルト様⁉」

慌てるサヤの手を再び握り、その顔を見上げながら言葉を続けた。

「あの日俺は、サヤの気を引きたかった。聖女との結婚はかたちだけだと聞こえるように言ったのは、サヤに気にかけて欲しかったからだ。ひと目惚れだったんだ……子供っぽかったと、ふざけるなと思い切り殴ってくれて構わない」

それで少しでも償えるなら、好きなだけ叩いて欲しい。そして俺は、あの日の自分を後ろから思い切り引っぱたいてやりたい。

顔を赤くし、いや、普段真っ白な胸元や腕まで真っ赤にして、サヤが狼狽えている。

「あっ……あのっ……ひと目惚れって……誰を」

「サヤだ。俺はサヤに惚れてから、諦められずに二年も想っている。そして今も、その気持ちは変わらない」

言い切った俺の心臓は、ぶるぶる震えている。

気持ちを伝えることが、こんなにも緊張するとは思わなかった。一国の王太子として、一喜一憂を表に出さないようにしてきたが……今だけは無理だ。

赤くなる自分の頬の熱さ、目頭からじわりと涙が浮かぶ感覚……サヤに出会ってから新しい気づきばかりだ。

「ノーベルト様……私もノーベルト様を大切に思っています。さっき言いました、傷つけられたら私は悲しくなると」

「……あっ」

サヤが涙をぽろぽろ流してふわりと花がほころぶように、ふっと微笑む。

その輝くような清廉な様子に、俺は息を呑んだ。

「私は……自分の夢があって、それを叶えたくて聖女の痣のことを隠していました。ノーベルト様が近く現れるであろう聖女とご結婚されると噂で聞いていたので、なるたけお顔を合わせないようにと避けていたのです」

「スタイン伯爵令嬢であるサヤが、舞踏会などに顔を出さなかった理由は……」

「痣を隠すためです。それでも初めてお会いした時には、香りでバレそうになってしまいましたね」

やはりあの時にサヤの花の痣は、ドレスの下で浮いていたのか。

俺の姿を見ると痣が浮く、と言っていた。サヤが俺と顔を合わせる可能性のある大きな催しに、参加していなかった理由がわかった。

「それに……、ノーベルト様を……格好いいと好ましく思い始めた自分が怖かったんです。他の令嬢たちがノーベルト様に惹かれるように、私も……」

ドキン、ドキンと、心臓が歓喜の訪れを予感して高鳴る。額には汗が浮かび、ごくりと生唾を飲んでしまった。

聞きたい、サヤの口から聞きたい。覚悟を決めて、思ったままを口にする。

「サヤも、サヤも少なからず俺を気にしてくれていたのか？」

こくりと、サヤは頷く。

途端に、周りに幾万の花々が祝福するように咲き乱れる幻覚が見えた気がした。

浮かれる俺とは逆に、サヤは傷ついたのは自分のせいでもあると言いだす。

「だからノーベルト様のお口から、聖女との結婚はかたちだけだと聞いて、私はショックを受けました。愛してはもらえないんだって……」

サヤは可愛らしい唇から、心を整えるかのようにふうっと小さく息を吐いた。

「……痣を隠しているのは自分で決めたことなのに、ノーベルト様の言葉に勝手に傷ついたんです」

痣が現れてから、サヤの困惑や苦労を今知った。

サヤには叶えたい夢があり、そのために聖女であることを隠さなければいけなかった。

でも、俺の言葉に傷つきながらも、痣が露見してからはずっと素直に従ってくれている。

夢、というものを、諦めたんだろうか……。

傷ついたまま儀式で俺に抱かれ、何を思ったのだろう。

今、無性にサヤを一番近くで感じたい。

「サヤ、俺は今サヤを抱きしめたい」

両手を広げると、サヤはおずおずと……ゆっくりソファーから下りて俺に抱きついてきた。

花の香りに頭がくらくらするが、今は黙る。

体重がすべて預けられたと感じた瞬間、例えようのない喜びが湧き上がる。と同時に、これからサヤに何をしてあげられるだろうかという思いで、頭がいっぱいになった。

「……ごめん、ずっとサヤを傷つけて……自分の気持ちを早く、早く、せめて再会できたあの夜にでも、先に伝えていれば良かった」

サヤがどれだけ不安に過ごしていたのか想像すると、胸が潰れそうになる。

腕に力を込め、細い首筋に顔をうずめる。甘い香りを思い切り吸うと、「くすぐったい」とサヤの細い肩が震えた。

「謝らないでください。それに私、嬉しくて今すごくドキドキしているんです……」

「俺も同じだ、心臓がうるさいくらいだよ。サヤ、好きだ、ずっと好きだった」

噛みしめるように、何度も好きだと伝える。

この気持ちをあますところなく、サヤに知ってもらいたい。

「私もノーベルト様をお慕いしております……好きです」

細い腕が、俺の背中に回された。

今、『好きです』と……返ってきたように聞こえた。

サヤを好きすぎる俺の脳が聞かせた幻聴か？

黙っていると、「あの」とサヤが声を上げた。

「好きです、ノーベルト様」

「……っ！　本当か⁉」

幻聴なんかじゃなかったと、勢い良くサヤの首筋から顔を上げると、すぐそばに可愛らしい唇があった。

これが夢ではないと確かめたくて、そっと自分の唇を重ねる。

柔らかくて、ふにっとしていた。

ほんの少し触れるだけですぐに離すと、お互いの視線が間近で合う。

夢じゃなかった。夢じゃなかった！

「この間は儀式としてサヤを抱いたけれど、今は気持ちが通じ合った恋人として、大切にじっくりサヤを抱きたい」

サヤはこくこくと、恥ずかしそうに頷く。

「私も、今はノーベルト様と一緒にいたいです」

そう言って、甘えるようにその身を預けてくれた。

「想いが通じ合った途端、すぐにまた……なんて、性急な男だと思っただろう？　……ず

っと、二年も想っていた気持ちが爆発しそうなんだ。儀式のあとも頭の中を占めるのはサヤのことばかりだ」

「私だって同じです。ふとノーベルト様のお顔が浮かんできて、ひとりで赤くなったりしていました」

俺を思い出して赤くなるサヤの姿……絶対に可愛らしいに決まっている。

来賓の間の奥にある寝室には、調度品などが置かれているが品のある落ち着いた仕様になっている。

今は小さな明かりだけが灯されていた。

抱き上げて運んだサヤを、大きなベッドへ下ろす。

「……今さらだが、身体は大丈夫か？　儀式のあと、少し、出血していただろう」

儀式のあと、くったりとしたサヤを泉から抱き上げ、運び身を清めたのは俺だ。

濡れた身体を丁寧に拭き上げて、秘部から出血しているのを見つけた。

サヤの、純潔の証だ。きっと痛かっただろうに、嫌がらず爪も立てずに最後までいてくれた。

サヤは身体をわずかに固くした。

「だ、大丈夫です。あの時は、ノーベルト様のお手を煩《わずら》わせてしまい、申し訳ありませんでした」

「煩わしいことなんてなかったよ。逆に、俺は夢中になってしまい気遣いや配慮が足りなかった。反省して、頭の中でサヤを何度も抱いて予習復習してきた」

「何度も……？」

照れて狼狽えるサヤに、俺は誓いを立てた。

「だけど、今度はサヤに絶対に無理はさせない。痛んだり嫌だったりしたら、すぐにやめる。俺が王太子だからなどと我慢しないでくれ、恋人として対応して欲しい」

「恋人……ふふ、そう言ってもらえるのが、不思議で嬉しいです」

微笑むサヤの頬を手で包み込んで、ゆっくりと唇を合わせながらベッドへ横たえる。

体重をかけないように覆い被さり、ちゅ、ちゅ、と何度か口付けを繰り返す。サヤの手が俺の胸元辺りの服を摑んだ。

しばらく続け様子を見るために薄く目を開くと、サヤはうっとりと目を閉じて口付けの感覚に集中してくれているようだ。

湯上がりに使ったのか、香油のいい匂い、それからサヤの胸元の花の痣から香る匂いに理性が早速揺るがされてしまう。

それに、ドキドキと心臓の音が大きくなっていく。

じんわりと互いの熱を分け合うような口付けに、心がいっぱいになりとても満たされた気持ちになっていく。

薄く開いた唇の隙間を舌で舐めると、ぴくんっとサヤの身体が跳ねた。

「……はぁ……ん……っ」

「あと少し……口を開ける？」

サヤのぽってりとした唇が開き、覗いた赤い舌に向けて俺の舌を伸ばした。

熱い粘膜が触れ合うと、さらに体温が上がった。

「ふ……んんッ……」

舌先を軽く絡めると、一度は逃げられた。

唇を舐めていると、今度はそろりとサヤの方からも遠慮がちに舌を伸ばしてくれた。

再び絡み合わせながら、サヤが不安にならないように片手でこめかみ辺りの髪を撫でる。

サヤはそれが気に入ってくれたようで、徐々に身体の力を抜いてくれた。

熱の上がった口内の粘膜は、あの儀式の夜のサヤの秘部の奥を思い出させる。

熱くてきゅうっと肉壁が俺のものに吸いついてきて……。狭いそこに肉の切っ先を擦りつけると、サヤは可愛らしい声を上げて身体を震わせていた。

思い出しただけで腰の辺りが重くなる。下半身に血が集まり、履いているものを強く押し上げる。

理性が焼き切れそうだが、今夜はサヤを一番に考えて大事に、大切に触れると決めているのだ。

乱暴にサヤの中に押し入ろうとするものが一旦静まるように念じる。

「あっ……ふあっ……っ」

唇から漏れるサヤの甘い声に、下半身にどくどくとさらに血が集まる。

ただでさえ俺は身体が大きいのに、ものも大きくしたらサヤの負担にしかならない。

儀式の時は聖なる泉のせいか、花の痣からの香りが催淫効果をもたらしたが、今はそれがないのだ。

だから俺が自分の手だけで、サヤの身体をゆっくりと開いていくしかない。

なのに、すでにすっかり興奮して下半身が暴発寸前にまでに育ってしまっている。

まだ、口付けしか交わしていないのに。

「サヤ、可愛い。好きだよ……大好きだ」

無言のままだとサヤを不安にさせてしまうだろうし、何より言葉にしないと胸がいっぱいになってしまう。

サヤはぎゅうっと俺の服を摑み、応えてくれる。

唇から頰、耳たぶと唇を這わせ、白い首筋に口付けを落とすと、サヤはびくっと反応して身をよじった。

「んん……ッ、首は……、くすぐったくて……あっ！」

薄い皮膚、べろりと舌を這わせるとひと際高い声が上がった。

「……サヤは、ここが弱いんだ」

「やあ……っ」

サヤの身体に力が入り、首筋が赤く染まっていく。熱い吐息がふっふっと漏れ、俺をさらに煽っていく。

鎖骨にも口付けを落とすと、サヤの細い足がもじもじとすり合わされる。

鎖骨や胸元、いい香りのする瑞々しい肌を舐めて堪能する。今すぐにでもサヤの寝間着を脱がせ、その下に隠された膨らみを見たい気持ちを必死に抑え込む。

サヤが小さく身じろぎするたびに、寝間着の下で揺れる乳房の膨らみ。

痣を舌で辿り、胸の谷間に行き着くと「……くうっ」とサヤが喉を鳴らした。

寝間着の合わせをとめたリボンを、そろりと解く。それから、ひとつ、ふたつと小さなボタンを外していく。

「……嫌な感じはしない？　寒いのは大丈夫か？」

一旦手を止めて確認する。サヤは自分の手を口元に当てて、首を横に振った。

「……もしかして声を抑えているの？」

「……誰かに聞かれたら、恥ずかしいです」

涙目で訴えるサヤの頭を、優しく撫でる。

「それは大丈夫だ。侍女のために用意した部屋はふたつ隣だ、それに神官たちの部屋はさらに離れている。この奥まった場所にある寝室でなら、多少声を出しても聞こえない」

「本当に……？」

「ああ。実はこの部屋は俺が十代の時に、よくゼノンとチェスに興じていた場所なんだ。ちょっとくらい騒いでも見つからないし、さぼり部屋のように使っていたんだが……たまたま部屋に入るところを神官に見つかってバレた」

まだ十四歳くらいの頃だ。ゼノンと一緒に捕まり、こっぴどく叱られた。

「意外です、そんなやんちゃな一面がノーベルト様にあったなんて」

「顔に出ないだけなんだ。中身は普通の男だよ、今だってサヤの寝間着を剝ぎ取りたいのを我慢してる」

剝ぎ取る、という乱暴な言葉にサヤが反応する。

「大丈夫、絶対にそんなことはしない」

「……はい。でも、私はノーベルト様の好きにして欲しいんです」

「……サヤ？」

「……ノーベルト様がどんな風に私を触るのか……儀式の時ではない触り方を知りたいんです。好きな人のことなので、たくさん知りたいことがあるんです」

きゅんきゅんきゅんきゅんっ！　と、胸が切なくギリギリと締めつけられた。

俺のことを知りたいだなんて、なんて可愛いことを言うんだ……！

サヤは、ふふっと笑う。俺は息を吐いて、サヤの胸元に顔をうずめた。

細い指先が、俺の襟足をそろりと撫でる。その手つきが気持ち良くて、必死に抑えていた欲がまたもたげ始めた。

「わかった。ただ本当に、嫌な時は言って欲しい。必ずやめる」

「はい。信用しています、ノーベルト様」

ふたりで誓いを立てるよう、ゆっくりと唇を重ねた。

寝間着越しに触れた手のひらに、柔らかな乳房の質感が溢れる。また触れて確かめた柔らかさに、目眩《めまい》がしそうだ。

「……あっ、あぁっ」

軽く揉み上げるたびに、サヤの唇から切なげな声が漏れる。

残った寝間着のボタンを外していくと、白く滑らかな肌が目の前に現れた。

腹の辺りから、胸元まで。手のひらでするりと撫でる。

「真っ白だ……。それにまるで絹のように滑らかで……」

腰の細さ、胸元の豊かさ。俺にはまるで計算し尽くされた美術品に見える。

鎖骨から乳房までも、手のひらを滑らせていく。

直に触れた乳房は、柔らかく脆そうで夢みたいな触り心地だ。少し指に力を入れただけで、ふにふにっとその形を変える。

「ふっ、……んんっ……ぁッ」

指先が硬くなった桃色の頂きをかすった。サヤの腰が跳ねる。

「あッ……！」

その頂きをゆっくりと優しく指でしごきながら、首筋、鎖骨に口付けていく。

小さな頂きの中にある芯を捏《こ》ねると、甘く高い声が上がる。

もう片方の乳房は、ふるっふるっと震えている。その白い肉に吸いつくと、サヤの足がシーツを蹴った。

「ああっ、あ、やぁ……ッ！」

「……ふるふるで柔らかくて、大事にしないと壊してしまいそう」

ぴんと主張する桃色の頂きに、そうっと唇を寄せて舌で迎えて吸いつくと、サヤは背を仰け反らせた。

「――ぁんッ！　……やあっ、ぁっ、ッ！」

ねっとりと舌の上で転がし、さらに歯を当て柔らかくしごく。うっかり嚙み潰してしまわないように、慎重に。

「サヤは感じやすいんだね、そそられる……」

もう片方の乳房は強く潰さないよう揉みながら、親指で頂きを撫でたり押し潰したりを繰り返す。

魅惑的なふたつの乳房に、俺は夢中になっている。

「素敵だ……とても魅力的で、いつまでも触れたり舌で味わっていたい……」

「ン、あぁっ……私もノーベルト様に、ずっとこうされていたい……ッ、あぁッ！」

ちゅぱちゅぱと音を立てて吸っていた乳首から、口を離す。

唾液で濡れた頂きが、小さな灯りの中で艶めかしくふるりと震えた。

甘い匂いが俺たちを包む。柔らかな乳房はぬらぬらと光り、頂きは硬さを失わずつんと勃《た》っている。

再び誘われ乳首を口に含み、舌先でくりくりと押し込むと、サヤに頭をぎゅうっとかき抱かれた。

「あっ……、ぁんッ！」

「……俺はもう、絶対にサヤを離さない……サヤのすべては俺のものだ。俺も、サヤのものだよ」

サヤのすべてが俺のものだと言葉にすると、一気に独占欲と情欲が心の中で爆発した。

ふわふわと張りがあり、質量のある乳房から離れられないでいる。

その先にある、熱くぬかるむ最奥を知っている頭と身体は、早くそこに自身を収めたくて仕方がなくなっていた。

だけど、今はサヤを第一に考えて、優しくじっくり抱くと決めているのだ。

サヤの身を中途半端に包む寝間着を脱がせ、下着一枚の姿にする。

それからすかさず俺も衣服を脱ぎ、覆い被さり抱きしめて素肌を合わせた。

汗で乱れた髪が貼りついた額に、口付ける。

それから唇を合わせて舌を絡ませ……離すと、サヤの唇は唾液で濡れて光って見えた。

「ノーベルト様……っ、んッ……」

再び唇を合わせ、その柔らかさを堪能する。

「……サヤはどこもかしこも、柔らかくて美味しそうだ……」

ぺろりと唇を舐めると、サヤはくすぐったそうに笑った。

それからサヤの至るところにじっくりと口付けを落とし、舌でねぶる。

背中、腰、ふくらはぎ。たまに甘嚙みをすると、サヤは甘い嬌声を上げる。

白い太腿を撫で、そこに舌を這わせる頃には、サヤの秘部を覆う下着はびっしょりと濡れて透けていた。

下着に手をかけて、ゆるゆると脱がせていく。サヤは恥ずかしいのか、下着を脱がせる俺の手に自分の手を重ねて止めた。

俺はそのサヤの手を舌で舐め、力が抜けた隙に下着を下ろし、大きく足を開かせた。

サヤはすぐに閉じようとしたが、俺が身体を割り入れてあるので難しいようだ。

「濡れて光ってる……下生えも薄くて、全部見えるよ」

花に誘われる蝶のように、愛液でしとどに濡れた肉の花びらや花芽に舌を伸ばす。

サヤが快楽で身をよじり、足を閉じようとするたびに彼女の太腿に挟まれて、俺にとっては天国にいるような気分になった。

「や、そんなに見ちゃいや、あぁ、んあッ……！　んん、……っ！」

薄い皮に覆われた花芽をそのまま舌で優しくしごき、吸い上げる。

ちろちろと舌先で可愛がれば、サヤはたまらないとばかりに俺の頭を押さえて仰け反った。

「ああんッ、んぁ、変になっちゃいます……ッ！」

とぷりと愛液が溢れて、蜜口に触れている俺の手をびっしょりと濡らす。

「変になってもいいよ……気持ち良くなって」

舌先だけで薄い皮をめくり、花芽をなぞったり、ちゅばっと音を立てて吸ってみる。

媚肉のひだの内側まで舌を這わせながら、愛液を垂らす蜜口にゆっくりと指を入れる。

「ひぁっ……ッ、あっあっ、指が……ッ」

「痛かったら言ってね、ほら、これは気持ちいい？」

花芽を舌でねぶりながら、蜜口から挿入した指を胎内でじっくりと動かす。

サヤの身体が跳ね、太腿で俺の頭を挟みながら甘く喘《あえ》ぐ。

愛液を絶えず垂らすサヤの陰部を十分に味わっていると、サヤの細い腰がガクガクと震えだした。

「……ッ、や、なにか、きちゃう……ッ！」

「……ん、大丈夫、そのまま身を任せて、気持ち良さにだけ集中して……」

花芽がぷっくりと膨らみ始め、刺激が強くなりすぎない力加減で舐める。

指は肉壁に締め上げられていき、サヤの声は切羽詰まった嬌声に変わる。

「ぁあッ、きちゃう、へんなの、やぁ……ッ」

ひと際高くサヤが声を上げ、同時に肉壁がぎゅううッと締まった。

指から伝わるその感触に、俺の下半身はこれ以上ないほどに下着を押し上げ、張り詰めていた。

達したのか、サヤは二、三度身体をびくびくと震わせてからぐったりと力を抜いた。

その色気が溢れる姿に、俺はとうとう我慢が利かなくなった。下着を脱ぐと、俺のものはへそに届くくらいにいきり立っていた。

「……そのまま、力を抜いていて。挿《い》れるよ」

サヤの閉じられた足を広げ、膝を立てた。

自分の身体を再び割り入れ、愛液で十分にぬかるんだ肉の蜜口に切っ先をあてがう。

ぬるぬると切っ先を擦りつけると、蜜口がひくひくと反応する。

「……あっ……ああ……っ」

そこに、ゆっくりと限界まで硬くなった俺のもの、肉棒の先を押しつける。少しずつ、蜜口にぐぷり……と飲み込まれていく。

「……っ、はぁっ……入って……きてます」

温かくてぬかるんだ柔らかな膣道、誘うように奥へ奥へと肉壁がきゅうっと吸いつく。

「痛くはない？　大丈夫かな」

会話の合間にも奥歯を噛みしめていないと、あっという間にもっていかれそうになる。

サヤが小さく頷いたのを合図に、ずぬっと腰を沈めた。

「ひん……っ、あんっ、んっんっ！」

サヤが苦しげに眉を寄せながらも、とびきり甘い声を上げる。

細い腰が浮いて、俺をもっと奥まで迎え入れてくれるみたいだ。

肉壁にぎゅっと食いつかれながら、切っ先はサヤの熱い肉の最奥に届いた。

身体が敏感になっているのか、サヤは「くぅっ」と喉を鳴らす。

腰を引き、ゆっくりと押し込むと、ぐちゅっといやらしい音がした。再度腰を引き、押し込む。

「や、あんッ！　……ッ、あぁ……っ！」

抽挿を繰り返すと、肉壁は出入りを繰り返す肉棒をぎゅうぎゅうと温かく締め上げる。

突き上げるたびにふるふると揺れる乳房に、手を伸ばす。

頂きは、これ以上はないというくらい、硬くなっていた。

「あぁぁッ、むね、いっしょは……んんっ！」

た。

「……硬くなってるね、気持ちいい？」

乳房を揉み、乳首を指で愛撫《あいぶ》するたびに膣が締まる。

とろとろと愛液が蜜口を濡らして、ぐちゅっぐちゅっと抽挿のたびに淫らな水音を立て
「少し、強くしても大丈夫かな……っ」

乳房を揉んでいた手を離し、サヤの細い腰を掴み最奥を突き上げる。

「はあっ、んあッ……！　ぁっ、あ、あぁっ！」

サヤを揺さぶるたびに、切なくなるような甘い嬌声を上げてくれる。

俺の肉棒はその声に反応してぐんと昂り、太さや硬度が増していく。

「サヤ、好きだよ……世界で一番愛してる」

「……私も、私もノーベルト様を、あ、愛していますッ……あぁっ、あんっ！」

足を片方持ち上げて俺の肩にかけ、腰を押し込む。下生えがぶつかり、繋がりがさらに
深くなった。

「……くっ、気を抜くとすぐに達してしまいそうだ」

「はあっ……ひあっ、……中、熱い……ッ」

「……俺もだ、サヤの中が、最高に気持ち良くて……っ」

腰を少し引けば、ぬるぬるした媚肉が逃がすまいと、ぎゅうっと絡みついてくる。

再び押し入れれば、ふわふわの柔肉になって迎え入れてくれる。

律動に合わせて揺れる乳房、汗ばんだ肌、サヤの甘く蕩けた表情……。

それを見て手を伸ばし、触れるだけでたまらない気持ちになる。

可愛くて綺麗で、時にこんなに淫らで……頭の中はサヤでいっぱいになっていく。熱でのぼせたように、サヤの胎内に肉棒を収めたまま唇を貪る。

「……サヤ、最高だ。可愛いサヤ……このまま、ずっとサヤの中にいたい……っ」

息と一緒にそう漏らすと、きゅんきゅんっと中が締まる。

サヤの目が薄く開き、舌を絡めて応えてくれる。

「私も、……またっ、あんっ！　気持ちいい……ですっ」

可愛い声を上げるサヤの、硬いままの乳首を指でくにくにとこねる。

「良かった……、俺も、信じられないくらい気持ちいい」

抽挿に合わせて今度は両方の乳房を手のひらで包み揉み上げると、サヤの足に力が入り、声が高くなっていく。

「はぁッ、きちゃう……ッ、あ、あ、あッッ！」

ぎゅ、きゅうっと、中が締まる。涙で濡れた瞳が俺だけを映す。

「このまま、一緒に……っ、サヤ……！」

「……ッ、ぁぁ…あ…ッ！」

ゾクゾクっと強い快楽が腰から頭のてっぺんに駆け抜ける。

「ノーベルトさまっ、……ッ！」

強烈な射精感が湧き起こり、一気にサヤの中で弾けた。

肉棒はどくどくっと強く脈打ち、サヤの中で熱を大量に放つ。それを受け止めようと中が締まるのがいじらしい。

腰が溶けそうになるほど気持ちが良くて、最後の一滴までサヤの中に注ぎ込んだ。

サヤは上気し蕩けた顔をして、小刻みに震えながら俺を受け止めてくれている。

サヤが甘い声と吐息を漏らす姿に、放ったばかりの欲情が再度湧き上がってきた。

抜かずにそのまま、ゆるゆると腰を押しつける。

「もっと欲しい、サヤが足りない……このまま、もう一度……」

「あっ、……ああッ！　敏感になってるんです、だからっ、ゆっくり……っ！」

俺はそのまま、サヤの中で硬さを取り戻した肉棒で、中を押し上げてかき回す。

さっき出したばかりの精液が愛液と混ざり合い溢れ出て、繋がっているところをさらにぬるぬるに濡らす。

さっきよりも強い律動に合わせて、ベッドがギシギシと小さく軋む。

乱れたシーツに、広がるサヤの髪。

サヤは汗ばんで熱いままの身体を快楽でくねらせ、蕩けるような声で俺の名を呼ぶ。

「ノーベルトさまっ、んんッ、あぁ……ッ」

ぐちゅっ、くちゅっ、と淫らな音が部屋に響く。

そして抱き合って、限界まで昂りを押し込み、熱くかき回す。

「ずっと、このままでいたい……大好きだよ」

「……はっ、ひんっ、……また、きちゃう……！　好き、私もノーベルトさまが……すきですっ」

びくびくと、サヤの白く艶めかしい身体が俺の腕の中で震える。

はあっと息を吐くサヤを抱きしめ直して、うねる胎内に収めたままの肉棒を深く深くうずめていった。


夜の闇が、しんとした静寂を伴い深まる頃――。

俺たちは素肌を合わせたまま抱き合い、横になっていた。

少し前までは欲に溺れていたのに、今は心地よい疲労感に身体を預けていた。

ジジッ……と、ランプの灯りが揺れる。

サヤは俺にしがみついて、すりっと額を擦りつけた。

「……明日、ノーベルト様と一日一緒に過ごせるのが楽しみです」

「俺もだ。サヤが喜んでくれそうな、珍しい物を集めた部屋も案内したい。太古に生きた昆虫が閉じ込められた琥珀や、大理石に埋まった貝の化石……魔女から買ったと言われる結び目のあるロープなんかがあって、俺は好きなんだ」

いくつもの結び目がある、古いロープだ。

「ああ、きっとロープは風の魔術を込めたものですね。結び目をひとつ解くと風が吹くという……」

ふふっと笑うサヤが、どうしてここまで物知りなのか、ずっと聞いてみたかった。

一体いくつの国の言葉を話せるのだろう。

それに勇気もあって、ひとりで何でもこなそうとする。

「サヤは、どうしてそんなに物知りなんだ？　言葉もだけど、見習うところばかりだ」

「……色々知るのが好きなんです。それに、必要だと思っていたので子供の頃からたくさん勉強しました」

「必要？」

少しの沈黙のあとに、サヤは言葉を続けた。

「夢……だったんです。父と一緒に海の向こうで仕事をするのが……。難しいって頭ではわかっていたけど、どうしても諦められなくて……」

消え入りそうな声で、最後に「でも、もう、大丈夫です」と呟いた。

そのまま寝入ってしまったサヤを、俺は申し訳ない気持ちでいっぱいで抱きしめた。

サヤの夢を叶えるのは難しいことだったかもしれないが、もし俺がサヤを見つけていなければ……。もしかしたら、サヤは数年後にスタイン伯爵に同行して海を渡っていたかもしれない。

サヤにはその素質があり、努力を続けて実力も身につけていた。

その夢を……俺が……。

世界で一番幸せになって欲しいサヤの、抱き続けた大切な夢を俺が潰した……。

サヤをそばにおける幸せと、どうしようもない罪悪感に、強く目を閉じた。

五章

翌日、朝食を済ませて身支度を整え終わった頃に、ノーベルト様が神殿まで迎えに来てくださった。

昨夜は気持ちを通じ合わせ、肌を重ねた。その余韻がまだ私の中で熱を持っているうちに、ノーベルト様にお会いするのはとても気恥ずかしい。

「おはよう、サヤ。もう少しあとで来るつもりだったけど、待ち切れずに来てしまった」

落ち着いた声色に、私だけが意識してしまっているのかと思いきや……。

ノーベルト様の耳はほんのり赤くなっていて、目が合うと頬をぽっと染めた。

「い、いいえ、大丈夫です。私も早くノーベルト様にお会いしたかったので」

つい数時間前まで抱き合っていたけれど、早くお会いしたかったのは本当だ。

ノーベルト様と一緒にいると心が温かく満たされるぶん、離れた途端、寂しさが募って仕方がなくなる。

思いが通じ合って、肌を重ねて、愛がこもった言葉をいただいているのに。

多分、ノーベルト様も今、昨夜のことを思い出している。

お互いに真っ赤になってしまい、なかなか顔が上げられなくなってしまった。

「そう言ってもらえると嬉しいよ。今日一日が楽しくなるようエスコートする」

優しい言葉をかけられ顔を上げると、ノーベルト様は赤い顔をしながらも微笑んでいた。

私は嬉しくなって、微笑み返す。

ノーベルト様からすっと手を差し出され、私はそこに自分の手を重ねた。


親が貴族で城務めをしていても、娘だからと簡単には城には入れない。

機会があるとすれば、国王様主催で舞踏会や夜会が開かれた時くらいで、その時だってあちこちウロウロと見て回れるわけではない。

だからノーベルト様に案内をすると言ってもらえた時、とても嬉しかったのだ。

父から存在を聞いていた世界中の本を集めた大きく広い図書館などは、万が一にでも機会があれば行ってみたい場所だった。

それが今、目の前に存在するのだ——。

天井まで、一体どれほどの高さがあるのだろうか。豪華絢爛なホールは、高さだけでなく奥行きまである。梯子《はしご》を使うような大きな棚が壁面に作りつけられ、収められた分厚い本はどれもが貴重な物に見えた。

明かり取りの窓から、柔らかな光がホールに差し込む。

「……すごい……、もし叶うなら、ここにある本を死ぬまでに全部読んでみたいです」

目の前に広がる本の海に、願望が口をついて出てしまった。

「サヤの住まいが城に移ったら、図書館で暮らしそうな勢いだな」

「図書館で暮らす……何だかとても素敵ですね。そうしたい気持ちになってきました」

こんな素敵なところで、本に囲まれて暮らせたらどんなに素敵だろう。

毎日、紙とインクの匂いで目を覚まし、明かり取りの窓から青白い月光が差し込む静かな夜には、本たちの囁きが聞こえてくるかもしれない。

それを子守唄にしながら眠る……最高だ。

そんな想像をしていると、ふと、ノーベルト様に手を握られた。

「……ここを寝室にするのはだめだ。ちゃんと俺とサヤの寝室を用意しているから、そこで毎晩一緒に眠るんだ」

「し、寝室、用意してあるのですか？」

「……ああ。サヤを神殿にとどめた翌日から、実は用意を進めていた」

そんな早い段階から⁉と声を上げそうになり、私は慌てて口を結んだ。

「性急な男だと思っただろうか」

「……いえ、でも、もし私が本物の聖女でなかったらどうしていたんですか？」

本物の聖女だと認められたから良かったものを、もし違っていたら寝室はどうしていたんだろう。その答えは、思いもよらぬ嬉しい言葉で返ってきた。

「サヤが聖女でもそうでなくても、俺はあの夜に再会できたサヤを、必ず妃に迎えると決めていたんだ。絶対にサヤと結婚すると、迷いはなかった」

そんなに想われていたなんて、驚きとともに嬉しさと恥ずかしさで顔が赤くなってしまう。それに気づいたノーベルト様は、ご自分の発言に照れていた。

それから、城の中をゆっくりと案内してもらった。

世界中の珍しい貴重品が保管された部屋では、見たこともない品々をたくさん見せていただいた。手のひらに乗るくらいの太古の貝の化石や、この世の物とは思えないほど美しい青い蝶の標本、ある鉱山でしか採掘できない宝石の原石……。

ノーベルト様がわかりやすく解説してくださるので、私は夢中になって聞いていた。

お城は一度では覚えられないほどの部屋数と広さで、これから何度でも案内すると約束をしてくれた。

城の庭の端にあるガラスの大きな温室、ここも一度来てみたかった場所だ。

中へ入ると、薔薇の香りがふわりと鼻腔をくすぐる。

たくさんの大輪の薔薇が、温室の中で守られ咲き誇っていた。

温室の端には薔薇を眺めながらお茶会ができそうなスペースがあり、そこで一旦休憩することになった。

ふたりで並んでソファーに腰かけ、ふうっと息をつく。

「どの薔薇も綺麗ですね、それにとてもいい香り」

「ここの薔薇は、品種改良をした新種の物ばかりだ。病気に強く育てやすい、香りのいい薔薇をいつか国の輸出品に加えたくて育て続けているんだ」

ノーベルト様に肩を軽く抱かれて、ぴくりと反応してしまった。

ふたりの間に、例えようのない気恥ずかしい空気が流れる。

名前を呼ばれて顔を向けると、触れるだけの口付けを受けた。

途端にドキドキと心臓がうるさくなってしまう。

「いけません……誰かに見られてしまったら」

「……この温室には、しばらく誰もやってこない。人払いをしてある」

「人払いを……？　んっ」

ノーベルト様の大きな手が、意味を持って私の頬を包む。

「昨日も無理をさせた自覚があるが、俺はサヤの前でだけは我慢が利かなくなってしまう」

そう言って、熱っぽい目を私に向ける。

私の身体は、もうさっき口付けられた時から期待をしてしまっていた。

お腹の奥がキュンと切なくなっている。

「……私も、我慢できないかもしれません」

ノーベルト様に身を寄せると、大きな身体で思い切り抱きしめられた。


ソファーが軋む音と私から漏れた甘ったるい声が、より快感を煽っていく。

人払いをした温室といえど、ここで裸で抱き合うわけにはいかないので、着衣のまま肌を合わせている。本来ならこんな場所でこんなことをしてはいけない……と思う。

ソファーに私を押し倒し、両手を繋ぎ縫い止めたノーベルト様は、私の中にご自身のものを浅く深く突き立てる。

硬く熱い大きな肉の棒が、狭い中をグチュグチュといやらしい音を立てて行ったり来たりするたびに、腰が跳ねてしまう。

痛みもあったはずなのに、いつの間にか快楽の方が勝るようになっていた。

「……あぁっ！　ああ、あたる、んんっ！」

「サヤの気持ちいいところ、ここなんだね」

髪を少し乱したノーベルト様の、低い声さえも快楽になってしまう。

ノーベルト様にしか抱かれていないこの身体は、与えられる気持ち良さを知っている。

求められることを嬉しく思うし、もっと奥まで来て欲しいとねだってしまう。

お腹の奥がきゅうっとなるたびに、ノーベルト様は切なげに眉を寄せる。

「……っ、今、達してしまいそうだった。どうしてサヤの身体は、どこもかしこもこんなに気持ちがいいんだ」

ずるる、と引き抜かれそうになり、思わず身体が反応してぎゅうっと肉棒を締め上げる。

ノーベルト様と繋いだままの手に力を込めた。

「いや、まだ、もっと……！」

「……っ、可愛い、ああ、心配しなくても奥まであげるから」

ゆっくりと狭い肉壁を押し広げながら、再びノーベルト様の熱いものが入ってきた。

満たされて、揺さぶられて、愛おしいと名前を呼ばれる。

薄く目を開くと、口付けが降ってきた。

抽送が次第に速くなり、ノーベルト様の息遣いも荒くなっていく。

愛液で濡れた花芽を指先でくにくにと柔らかく捏ねられて、堪らず身をよじる。

「ひっ、きちゃう、ああッ、あ……！」

「……このまま、一緒に気持ち良くなろう。愛してる、サヤ……！」

すぐに快楽の強い波が押し寄せて、私はつま先にピンと力を入れたまま足で空を蹴った。


アイリス国中に、ついに聖女が現れたと国王様から正式な発表がされた。

私の名前はまだ一応は伏せられているが、誰が聖女なのか噂が広がるのも時間の問題だろうとノーベルト様から説明を受けている。

いずれ結婚すれば、お披露目をするそうだ。

国中はおめでたいと毎日がお祭り騒ぎらしい。城の周りには、巡礼だといって訪れる者があとを絶たず、警備がより一層厳しくなったと聞いた。

そんな中で私は王城の敷地外に出るわけにはいかず、今も変わらず神殿と城を行き来する生活を送っている。

聖女のことが発表されるタイミングで、私は大切な友人に手紙を出したいとノーベルト様にお願いをした。

ミランダとカーラ。あの夜会の夜に集合しようと約束をしたまま、連絡のひとつもしていなかった。

ふたりからは生家に何度も手紙が届いていたらしい。私の所在については伏せるように命令がくだされていたので、母は詳しいことは明かさず手紙へのお礼状をしたため、ふたりに送ったそうだ。

そのことがどうしても気がかりだったのだ。特に辺境伯令息とのお見合いの話が出ていたカーラは、いつまで王都にいられるかわからない。

会えなくても、手紙が出せたら……とノーベルト様に相談をさせていただいたのだ。ミランダとカーラの家柄、本人たちの優しさや仲良くしてくれた話などをすると、「それならここに呼び、部屋でお茶会を開くといい」と提案をしてくれた。

「サヤー！　無事で良かった！　夜会で襲われたって聞いて、でも手紙を何度送っても返事がなくて……心配したんだから！」

「元気そうで良かった、本当に良かった……！　怪我はなかった？　大丈夫だった？」

ふたりは神殿の入り口で出迎えた私を、思い切り抱きしめてくれた。

「連絡が取れなくてごめんなさい。私はすっかり元気よ」

ふたりは私が今まで隠していた胸元のあいたドレスを着ていること。そして見え隠れする花の痣を見て……大体の事情は察してくれたようだ。

私が「黙っていてごめんなさい」と謝ると、ふたりは「いいの！」と言ってくれた。

「サヤには夢があったんだもの、言えやしないわよ」

「うん」

「わたしたち、変わらずに友達よ。今日はお招きありがとう」

三人で夢を語ったあの楽しい雰囲気が、一瞬にして戻ってきた。私たちは離れていても友達でいられる、そう思ったら嬉しくなった。

「今日は、王太子様から神殿の見学を許されてるの。それに、今日のお茶会のために城の料理人たちが腕によりをかけてくれたそうよ」

夜会で、私たちはお城見学と料理を楽しもうと約束していた。その話をすると、ノーベルト様が今日それを叶えてくれたのだ。

ミランダが見学したいと言っていたのは城で神殿ではないけれど、城の敷地内に建てられた神殿には誰でも来られるわけではない。

出入りできるのは主に王族と、一部の高級貴族だけだ。

それに今日用意してくださったお茶会の軽食やデザート、茶葉は選《え》りすぐりの物らしい。

「……信じられない！　神殿なんて見学したくても、いつも遠くから眺めていただけなのに……ありがとうサヤ！」

「わたくしもよ！　夜会の時、サヤを探してお料理どころじゃなかったもの……サヤが無事で、三人でまたこうして会えて嬉しい」

三人で再び抱き合ったあと、神官様にご挨拶を済ませ、礼拝堂などをゆっくり見学して来賓の間へ案内した。

お茶会のセットが美しく並べられたテーブルに、ふたりは目を輝かせる。もちろん私もだ。

生クリームたっぷりのケーキ、色とりどりの果物のタルト、ジャムが乗ったクッキーに、口が割れた大きなスコーン。

何種類ものジャムやクロテッドクリーム、紅茶に入れるジャムも別に用意されている。

ローストビーフのひと口サンドイッチや冷製スープ、魚のカルパッチョに野菜のピクルス……その他にも色々と並べられ、お茶会というより食事会のようだ。

私の屋敷でしていたように、秘密の会合を始めるにあたり侍女には下がってもらった。

「少し前のことなのに、三人で集まるのが懐かしく感じるわ」

「そうね。前は会えなくても、手紙のやり取りをマメにしていたものね。ところで、ここでの暮らしはどう？」

夜会があった日から、二ヶ月近くは経っていた。私は神殿暮らしにすっかり慣れて、最近は礼拝堂でのお祈りも神官様たちと一緒にしている。

静かに目を閉じ、アイリス様に心の中で感謝を伝え語りかけるだけだけど、とても心が落ち着いていく。

お祈りの時間が終わったあとは礼拝堂に光が満ちていくような気がして、私の心にも幸福感と清涼感が満ち溢れてくるのだ。

神官様たちは、以前よりもずっとアイリス様の存在を光や空気、風に揺れる野花の中などに感じると言っている。

私も、日に日にそう感じていた。

「神殿でもお城でも皆にとても良くしていただいて、だいぶ慣れてきたと思う。でも最初は優しくされても諦めというか……ついにバレちゃったって気持ちの方が大きかった」

これは、ミランダとカーラにだけ明かせる素直な気持ちだ。

ふたりが経緯を聞きたいと言い、私は誰にも話さないよう約束してもらってから話し始めた。

夜会ではふたりより先に着いてしまい、バルコニーの下から聞こえる不審な物音に気づいたこと。

そこに向かうと賊に襲われている令嬢を見つけ、助けるつもりだったが危なくなり、そこをノーベルト様に助けていただいたのだと語った。

「令嬢を助けようとした時に、ドレスの胸元を賊にナイフで切られてしまって……隠していた花の痣を王太子様に見られてしまって」

ふたりは「まあっ！」と同時に声を上げた。

「ナイフですって、怪我はっ」

「護身術が役に立ったのか、布一枚切られただけだったわ。だけど、先に襲われていた令嬢が蹴られたりしていて……」

今思い出しても、賊に蹴られて地べたにへたり込む令嬢の姿に、胸がとても痛む。そのくらい、衝撃的な場面だった。

「わたし、その令嬢と顔見知りなの。わたしの一族には医者が何人もいて、そのひとりである私の叔父様のところへ彼女も来ていたのよ」

ミランダが、あの令嬢を知っているという。

「本当⁉　あのあと、怪我やショックが残らなかったか心配だったのよ」

彼女の様子を知ってはいないかと、思わず身を乗り出してしまった。

令嬢のガタガタと激しく震える細い身体、最後は言葉も出せないようで泣きながら歯を食いしばり、唸《うな》り続けていた姿を忘れられない。

かなりのショックだったのだろう。宝石を盗られただけでなく、捕まって一方的に暴力まで振るわれたのだから。同じ状況なら、私だって立ち直るのに時間がかかると思う。

……いや、怪我は治っても心の傷は残り続けるだろう。そのことが本当に心配だ。

「あの子は先週から、王都から離れた別荘へ療養に行ってるわ。それまでは、気が紛れるかもしれないからって叔父様に頼まれて、あの子のお屋敷に何度かお見舞いに行ったのよ」

ミランダの叔父様は、あの令嬢のお家のかかりつけ医だったらしい。塞ぎ込む令嬢のために、たまたま顔見知りだったミランダにお見舞いがてら様子を見て欲しいと頼んだという。

「様子はどうだった……？」

決して平気ではなかっただろうと予想できるが、聞かずにはいられなかった。

「……うん、わたしがお見舞いに行ったのは夜会から二週間ほど経ってからだったわ。もしかしたら、サヤのことを何か聞けるんじゃないかというのもあって……」

ちょうどその頃、私に送った手紙のお礼状が母から届いたらしい。

ミランダはカップに注がれた紅茶に視線を落としながら、話を続けてくれた。

「あの子、ララは私たちと同じ十八歳よ。普段とても派手な子で、いつもたくさんの宝石を身につけていた。多分……夜会の時もそうだったのだと思う、もしかしたらいつも以上だったかもしれない」

だから賊に狙われたのかと、思ってしまった。私にはララがどこで、どうやってあの夜会の会場から中庭へ行ってしまったのかは聞かされていない。

「そうだったのね……」

「ララは部屋で塞ぎ込んでいたわ。部屋の窓はカーテンがすべて閉められていて、薄暗くて……ララはベッドの中で震えていたの」

ララはやってきたミランダにも酷く怯《おび》えたので、その日は持ってきたお見舞いの品を侍女に渡し、帰った。

数日後、再びミランダはララのお見舞いに訪れた。すると少しだけ話ができたという。

「少しやつれてしまっていたけれど、骨折とかの目立った外傷はなかったわね。見えない場所はわからないけれど……」

それからあの夜のことには触れず、天気の話や食事の話をし、不安定で突然泣きだすララの背中を静かにさすり続けた。

「ミランダも、大変だったわね。わたくしではできない大役よ。きっとララ嬢は心強かったでしょう」

ミランダを称えるカーラに、私も全力で頷いた。

「ありがとう。わたしが役に立てたかはわからないけれど、ララは療養へ向かえるまでに回復していたわ。あちらで落ち着いたら、手紙をくれるって約束してくれたの」

「それは良かった。きっと少ししたら、手紙が届くはずね」

ララ嬢の様子をミランダから聞けると思っていなかったので、少しほっとした。

すると、急にお腹が減ってきてしまった。

美味しいケーキやお料理を食べながらお喋りをするのは久しぶりで、食べすぎてしまいそうだ。

嬉しくてニコニコしていると、カーラが「聞いていいのかわからないけど……」と話を切り出してきた。

「今まで仲良くしていたサヤが、未来のアイリス国のお妃様になるのよね。いきなり遠い存在になってしまって……友人として祝福しないといけないのに寂しくて」

眉を下げるカーラの顔には、言葉通りに寂しさみたいなものが浮かんでいた。

私たちの夢は方向性はバラバラだったけれど、あまり人に理解してもらえないぶん結束が強かった。

思わぬかたちで夢を追うことがさらに難しくなった私に、カーラは少なからず寂しさと同情に似た気持ちを抱いてくれているようだ。

「……私も、本音を言えば寂しいよ。軽率だと思われるかもしれないけれど、花の痣はずっと隠して生きていけるかもって思ってた。生涯独身を通しながら……って、これがまず難しい問題だったんだけど」

貴族の娘に生まれて独身を通すのは、よほどの理由がない限り難しい。それは同じ貴族である、ミランダとカーラもよくわかっている。

「だから、サヤはずっと……その胸元が隠れるドレスを着ていたのね」

「そう。ダサいとか時代遅れとか陰口叩かれるのは悔しかったけど、だからって痣が見えそうなデザインのドレスを着るわけにはいかなかったし。今も、まだそわそわしちゃうわ」

そう言ってあいた胸元に触れると、ふたりは小さく笑ってくれた。

「仲良くしてくれているふたりにまで、この痣のことを隠していてごめんなさい」

密かに、申し訳ないと思っていたことだ。

すると、ミランダとカーラは目を見開いて、「謝らないで！」と言ってくれる。

「サヤの場合は夢があったんですもの、いくら仲が良くたって言えるわけがないわ。だから謝らないで」

「そうよ、謝る必要なんてないわ。それに、隠し続けるのは大変だったでしょうに」

ふたりは私が秘密を明かせなかったことに、『どうして？』なんて非難めいたことは決して口にしなかった。

私にはそれがとてもありがたくて、胸につかえていたものがポロリと落ちたように清々しい気持ちになれた。

ミランダは、前に話してくれたモグラの王子様のお話の続きを書いているそうだ。

カーラはお料理をひと口食べるごとに、製法や調味料などの知識を知っている限り披露してくれて、その詳しさに驚いた。

私を取り巻く状況は劇的に変わったのに、三人が揃ったこの空気だけはあの頃と変わらない。

きっとこの先も、たとえ顔を合わすことが難しくなっても、手紙などで長くやり取りを続けていけると確信できた。

「王太子様のお妃になるための、勉強なんかも始まっているの？」

「始まってるよ、礼儀作法から国の成り立ち、地理、それに諸外国との関わり方……これは自分でも勉強していたから大丈夫だった。ただダンスが苦手で、それが重要課題ね」

舞踏会を避けてきたツケが回ってきたのか、理屈ではわかっているのに身体が追いついてこない。

「こういう時、王太子様は練習に付き合ってくださらないの？」

「忙しい合間を縫って様子を見に来てくれて、そのままダンスのお相手をしてくださるわ」

ミランダとカーラが、「へぇ～」と頬を染めてニヤニヤしている。

「そこも心配していたけど、サヤが大事にされているようで安心した！」

「ものすごく大事にしてもらってるよ、私にはもったいないくらい」

そう言ったらノーベルト様との色々なことを思い出してしまい、私は思わず赤くなってしまった。それを見たふたりも、何かを察したのか照れて笑う。

そのうちに、三人で声を出して笑いだしてしまった。

その時、部屋のドアがノックされた。

侍女を外させているので自分で出ると、そこにはノーベルト様とゼノン様がにこやかな表情で立っていた。

「ノーベルト様、どうかされたんですか!?」

突然の訪問に挨拶も忘れ、素っ頓狂な声を上げてしまった。

私の声に後方でミランダとカーラが焦ったのか、ガタガタッと椅子から立ち上がる音を立てた。

「サヤが友人と楽しんでいる時間を邪魔するつもりはなかったんだけど、どうしても俺も挨拶したくて」

「ノーベルト様、一度言ったら聞かないんですよ～！　オレは久しぶりのご友人とのお茶会に水を差すのはやめた方がいいですよ、って言ったんですけどね」

ゼノン様の声に、ノーベルト様が少しションボリした表情を見せた。

ノーベルト様に苦言を呈すゼノン様、その言葉にションボリするノーベルト様は、まるで兄弟みたいだ。

「訪ねてきてくださって嬉しいです。私の大事な友人たちなので、ご挨拶の機会をいただけて感謝いたします」

ノーベルト様とゼノン様を部屋へ招くと、ミランダとカーラは伯爵令嬢らしく振る舞う。

「ご挨拶させていただきます。カーネリア伯爵家の娘、ミランダでございます」

「ご挨拶させていただきます。コリン伯爵家の娘、カーラでございます」

ふたりは綺麗なカーテシーで、ノーベルト様に挨拶をした。

「突然顔を出して申し訳ない。サヤの友人とはぜひとも会っておきたかったんだ」

「まぁ……！」

ふたりが緊張しながらも嬉しそうなので、私はある提案をした。

「良かったら、ノーベルト様とゼノン様もお茶を一杯飲んでいかれませんか？　といっても、侍女は下がらせているので、私が淹れたものですけど……」

「いいのか？　それはありがたい」

以前はクールな印象だったノーベルト様だけど、最近はぐっと表情豊かになった。これに関してはゼノン様からもお墨付きをもらっている。

「やった、オレも交ぜてもらえるなんて嬉しいっす！」

「ゼノン、お前は部屋の外で待機だ。サヤが淹れてくれるお茶を飲めると思うな」

部屋がくすくすと笑いに包まれる。

ゼノン様は負けじといそいそ追加の椅子をセッティングしてくださった。

皆であらためてテーブルを囲み、私はお茶の用意を始める。

ノーベルト様があまりにもじっと見るものだから緊張してしまったけれど、いつものように紅茶を淹れた。

「……どうぞ、こちらはノーベルト様が手配してくださった高級茶です。香りが良くて、とても美味しかったです」

ね？　とミランダとカーラに聞けば、こくこくと笑顔で頷いてくれた。

「本当か⁉　ならすぐに追加で持ってこさせよう。友人方にも土産に包んであげよう。ゼノン！　城に戻って手配してきてくれ」

「落ち着いてくださ い、今座ったばかりですよ」

巷では、冷徹なイメージが定着しているノーベルト様のまったく違う一面に、ミランダとカーラは驚いているようだ。

しかし大きく表面には出さないところが、さすが貴族令嬢だ。

主にゼノン様が話題を振ってくれるおかげで、和やかで楽しい時間が過ぎていく。

私たちが出会った経緯、きっかけになってくれたマナー講師の話には、ノーベルト様もくつくつと笑ってくれた。

「私たち、マナー講師の先生に楯突くような生徒ではなかったんですよ。少しだけ自分の趣味に夢中なだけで、ちゃんと授業を受ける真面目な生徒でした」

「厳しい先生だったのよね。でも、わたくしが父に厨房に入るなと叱られても、先生は父に同意したりはしなかった」

「わたしも、本を読みすぎるなとか、空想に浸りすぎるなとは言われなかったわ。黙認してくれていたのかも」

サヤは？　とふたり、そしてノーベルト様やゼノン様の視線が私に集まる。

「私は……剣術を習いたいと言った時には、目をまん丸にして驚かれたわ。それが叶わず護身術に変えると、ああ……と頭を抱えていたけれど呆れられはしなかった。先生って、本当に指導者に向いていると今さらだけど思う」

「生徒のやりたいことを頭から否定する感じではなかったのよね。そのぶん、悩みも多かったでしょうに……」

自分の子供の素行の悪さを、家庭教師やマナー講師のせいにする親もいると聞く。だから先生も、そういう目に遭ったことがあるかもしれない。なのに、私たちのやりたいことを否定することはなかった。

先生がとても人気のあるマナー講師だというのも頷ける。

「いい講師なんだな。そうだ、城にも講師はいるが、俺たちの間に子供が生まれたらその講師を城に呼ぼう」

ノーベルト様の提案に驚き、そして『俺たちの間に子供が生まれたら』という言葉に私はボンッ！と顔を赤くしてしまった。

「いい案だろう?」とノーベルト様がニコニコする中、他の皆の見守るような温かい視線にいたたまれなくなる。

「せ、先生は、すごく驚くと思います」

「そうだろうな。ああ、楽しみだ」

そう言って綺麗な動作で紅茶を飲むノーベルト様に、私はひとり顔を赤くしているのが恥ずかしくなった。

「そ、そうだ。夜会の時に賊の被害に遭ってしまった令嬢と、ミランダは顔見知りなんです。お見舞いに行った時の様子を教えてくれました」

「そうなのか。あの令嬢はしばらく療養すると報告を受けている。精神的にも早く立ち直れるように、こちらも引き続き助けていくつもりだ」

国王主催の城で起きてしまった被害に、治療費や生活費、療養する別荘をこれからも提供していくという。

ミランダは、ほっとした顔で「良かった」と声を漏らした。

「それならララも……あの令嬢も安心してゆっくりと休めると思います。わたしがお見舞いに行った時も、〝あいつら〟が来るんじゃないかって窓もカーテンも締め切っていたんですもの」

ミランダの言葉に、ノーベルト様はカップを静かに置いた。

「……〝あいつら〟と、あの令嬢は言っていたのか？」

冷静な声で、ミランダに問う。

「……ええ、はい。ララはそう言って酷く怯えていました」

ミランダの返答に考え込む仕草を浮かべたノーベルト様は、ゼノン様に目配せをした。

……その様子を見て、あれ？　と何かが頭に引っかかった。

私が助けに行った時に、ララに乱暴を働き、宝石を巻き上げていた賊はひとりしかいなかった。

引き入れた庭師見習いは、夜会の時間には賊だけを残し、とっくに帰宅していたと聞いている。

ララと対面した賊は、ひとりだったはずだ——。

なのに、ララは〝あいつら〟と複数を指すように言っていたという。

もしかして……。

——実は他にも、あの場に誰かがいた……？

ノーベルト様のまとう空気が一気に真剣なものに変わり、ぴりぴりと引きしまる。ゼノン様もカップを置いた。

「……では、今日はサヤの友人に会えて良かった。俺たちはそろそろ失礼するよ。あっ、茶葉を他の者に届けさせるので、土産にしてくれ」

さっと立ち上がったノーベルト様たちを見送るために、私たちも椅子から腰を上げる。

「サヤ。またあとで顔を見に来る。ご友人たちも、また来てくれ」

そう言うと、ノーベルト様たちは部屋を出ていった。

なぜか妙な胸騒ぎがして、私はノーベルト様たちが出ていったドアを見つめていた。

＊　＊　＊
サヤの友人から聞いた〝あいつら〟という言葉に、嫌な予感しかしなかった。

ゼノンの顔を見れば、案の定、同じ印象を受けたらしい。

来賓の間から出て、神殿から城へ足早に戻る。

「あの言い方だと、賊は複数人いたと感じたんだが、どうだろう？」

「オレも同意見です。ああ～っ、令嬢は聴取の時にはそんなこと言ってなかったのに！」

「きっと落ち着いてきて、思い出したんだろう。でも庭師見習いはひとりしか引き入れていないと言っていた……嘘をついているか、賊がさらに仲間の賊を引き入れたかだ」

襲われた令嬢が言っていた、〝あいつら〟――。

それらの賊に、もしサヤの聖女の証である花の痣を、あの夜どこかから見られていたら……。

アイリス国の聖女には、とんでもない価値がある。そもそも神が自ら印を、聖痕を残されること事態が奇跡だ。

その奇跡を身に受け、国に繁栄をもたらすとされる聖女は、世界でも珍しい存在だ。

アイリス国は豊かな海のそばで貿易を盛んに行い、卓越した製鉄技術で多くの国から造船を請け負っている。

辺境には葡萄畑が広がり、そこでワインを作り輸出もしている。

他国からすればアイリス国は戦もなく、民が飢えることのない豊かな夢のような国に見えるだろう。

実際に、豊かなのだ。

過去、聖女に関しては数多の誘拐未遂事件があり、王族はその警備を非常に厳重に行っている。

聖女を自国に連れ去れば、アイリス国と同じように国が栄えると考えたり、取引に使えると考える人間は少なくない。誘拐はそうした輩《やから》の仕業だ。

過去には亡くなった聖女の遺体を持ち去ろうと墓を荒らす者も現れ、聖女の墓はすべて城内へと移された。

死してもなお、神の愛し子である聖女の存在は大きい。

過去、最初に聖女が出現した際、国が公表せずに黙って保護してくれていたなら……なんて自分の先祖に恨み節を言ってしまいそうになる。

「ゼノン。早馬で、あの令嬢にもう一度しっかり聴取してくるように部下に伝えてくれ。それと、神殿の警備をさらに厳重に。俺はこのことを父にすぐに伝え、指示を仰ぐ」

「はい！」

ゼノンは表情を引きしめ、走っていった。

俺は父にすぐに報告をし、その日のうちに再度の調査を命じられた。

捕らえたままの庭師見習いの再度の取り調べ、家宅捜索、賊との繋がり……。

散々調べ尽くしたが、新たに何か見つけられないかと考えた。

――あの夜。もし他にも賊がいたならば、あのあとどう逃げたのだろうか。騒ぎになり夜会は中止された。その喧騒と闇に紛れて脱出したとすれば……。

まだ判明していないそのルートを再び使われて、城にまた侵入されてしまう可能性もある。

どちらにしろ、あの夜会で侵入した賊は全員捕らえなければならない。

それに……俺があの場で殺めた賊は、アイリス国や近隣国の民には見られないような独特な彫り物を背中に施していた。

遺体は腐るので、すでにしかるべき場所に埋葬した。その背中の模様は検死医に描かせて残し、衣類や持ち物なども保管している。

スタイン伯爵にも確認してもらったところ、死んだ賊の風貌などから、遠い海の向こうからきた人間かもしれないという。

再度の調査にあたり、そういったものに精通、または知識のある人間が必要だ。誰かいただろうか……。

「……そうだ。あの人物にも一度見てもらおう」

頭に浮かんだのは、侵略によって消えたゼルマ国の護衛騎士、ブラン氏の姿だ。褐色の肌に黒髪で、体格が良く眼光鋭い人物。今は、スタイン伯爵家で過ごしている。

彼らは世界に散ったゼルマの王族を訪ね歩いていたそうだ。ならば、見聞きした知識で何か手がかりを知っているかもしれない。

その場で使いを出し、スタイン伯爵と一緒に登城するようにと伝えた。

同時にサヤにも話をし、その時間はゼルマの元王女・マーレと過ごして欲しいとお願いする。

サヤはマーレと再会できることをとても喜び、その時には神殿で彼女をもてなすと言ってくれた。

早速翌日、ブラン氏がスタイン伯爵とともにやってきてくれた。簡単な会話なら、スタイン伯爵の通訳を介さず交わすことができるようになっていた。

聞けば、滞在を始めた短時間でだいぶ言葉を覚えたという。きっとそれは、マーレのためでもあるだろう。

日常会話などはもう困らないくらいだそうで、その能力には目を見張るものがある。

ブラン氏曰く、アイリス国の言葉はとてもわかりやすく、他国との貿易が盛んになったのはそのためでもあるだろうとのこと。

わかりやすい言葉、明るい国民性、豊かな資源と質のいい輸出品で、これからも長く栄えていくだろうと言ってくれた。

ブラン氏は、マーレを先に神殿に送り届けてからここに来た。早くサヤに会いたいと、マーレは再会をとても楽しみにしていたらしい。

軽い世間話も終わり、俺は早速ブラン氏に来てもらった目的を話した。

「城に潜入した賊の背中には、見慣れない彫り物らしきものがあったんだ。何か知っていることがないかと、確認して欲しくて登城してもらった」

ブラン氏はまっすぐに俺を見て、「わかりました」と捜査に協力する意志を見せてくれた。

賊の遺留品を保管している部屋に向かう間、また少し話をする。

互いを知るためにも必要だし、なんせ巨城なので何か話でもしないと場がもたないのだ。

「ブラン氏は、今おいくつなんだろうか？」

「……三十五歳です」

……驚いた。てっきり、もっと歳上だと思っていた。俺も年齢より上に見られるので、勝手に親近感が湧く。

「では、奥方とは十七歳差くらいか」

このくらいの歳の差は、特段珍しくはない。そばで黙っているスタイン伯爵だって、サヤの母親とはそのくらいの歳の差だったはずだ。

「殿下にはお伝えしようと思います。自分はマーレ様の正式な夫ではありません。仮の婚姻は結びましたが、それは旅をするうえで便宜上、都合がいいからです」

これには驚いた。

「でも、奥方……はあなたに夢中なように見えたが」

「子供の頃から仕えていたからでしょう。いつかマーレ様に相応《ふさわ》しい相手が現れたら、いつでも身を引くつもりです」

恋だの愛だのはここ数年で知ったばかりの俺だが、それは難しいんじゃないかと思ってしまった。

ブラン氏は、マーレを愛している。俺にはわからない壁があり、マーレの幸せを思い、いつか手放そうと考えてはいるようだが……。

それが絶対に無理そうなのは、マーレに見とれる男たちを威嚇する、鋭い眼差しで明らかだ。

話題が尽き、しばらく無言のまま歩くと、目的の部屋に着いた。

中に入ると、先にゼノンや数人の騎士たちが、遺留品を見やすいようにテーブルに広げてくれていた。

賊が身につけていた、血にまみれた衣服やアクセサリー。

茶色の紙に包まれた薬草のような物。皮の小袋に入れられた、アイリス国の通貨。

それに、賊の背中にあった彫り物を模写した調書だ。

ブラン氏が静かにテーブルに近づき、じっとそれらを凝視する。

「……この紙に包まれた物、香りを嗅いでも？」

頷くと、ブラン氏はそれを手に取り鼻に近づけた。そしてすぐに戻す。

調書に写された模様を手に取り、じっと眺めるブラン氏を俺たちは見守った。

「……賊は襲われている者を助けるために、俺が屠《ほふ》った。遺体は身ぐるみ剝がして罪人墓地に埋葬したが、必要なら掘り返してくる」

「いいえ。その必要はありません」

「では、何かわかったことが？」

ブラン氏はまず、調書に写された賊の背中の模様を指差した。

「……これは、アイリス国から遠く離れた海で、商船を襲い回るならず者たちが好んで入れていた彫り物です」

「動物に見えるが、意味があるのか？」

「こちらは豚、こちらは雄鶏でしょう。崩れていますが、多分そう。豚や鳥は木枠に入れて船で運びますが、難破しても木枠は水面に浮かびます。海に落ちても溺れない……といった迷信からこの柄が好まれていたそうです」

初めて知る話に、ほうっと小さく声が上がる。

ブラン氏は次に、茶色の紙の小さな包みを指差した。

「これは、精神が一時的に研ぎ澄まされる麻薬の一種です。ただし、酷い粗悪品だ」

海のならず者、麻薬……。今までアイリス国には縁遠いと思っていたことが、目の前に突きつけられている。

「ここ数年で軍艦がぐんと増え、商船の護衛に付くことが多くなりました。めっきり商船を襲えなくなった者たちは、今度は陸に目を付けた……豊かなアイリス国は、奴らには宝島に見えているかもしれません」

ゾッと、背筋を冷たいものが走る。それは騎士たちも同じだったようで、ごくりと唾を飲むのがわかった。

ブラン氏は、続いて口を開く。

「……自分の見立てですが、夜会は下見だけのつもりだったのかもしれません。特に金を持っていそうな貴族を見つけ、帰りの馬車を追い、後日屋敷を複数人で襲う。しかし、欲に目がくらみその場で手を出してしまった者がいた……」

調書を、ブラン氏が指差す。

「それに……」

「それに？」

「アイリス国は、聖女が現れる時期に入っていた。奴らが城へ潜り込み、情報を探っていた可能性もある。聖女を攫《さら》い、他国に売れば……一生遊んで暮らしてもありあまる大金が手に入る」

低い声に、部屋の空気が一気に凍る。

得体の知れない邪悪な存在、それがまだ城内のどこかに息を潜めて隠れているかもしれない。

そんな悪い想像が頭から離れなくなってしまった。

それからというもの、城内の警備をさらに厳しくした。外からネズミ一匹でも侵入しないようにしたいが、それには人員が必要になる。

その人員を新たに雇う際に、もし賊の残党が紛れていたら……。それを考えると、身元をはっきりさせるのに時間がかかり、ますます人員確保に時間がかかっている状態だ。

一方、ブラン氏の協力を得ながら、新たな捜索に入った。侵入ルートの件もあるが、アイリス国のどこかに、奴らの隠れ家や根城があるはずだ。

港に長期間係留されている船、宿場町、そして娼館に、似た彫り物をした客が来てはいないかと、衛兵たちが聞いて回っている。

金を握らされ匿《かくま》っている人間がいる場合も考え、情報の売り買いを主にしている人間にも密かに動いてもらっている。それでも、奴らの影や居所は摑めない。

もうアイリス国から出ていったのでは……と考えた矢先に、あの粗悪品の麻薬による中毒症状で死ぬ者が続出した。

奴らは今確実にアイリス国に潜み、あの麻薬を王都で売りさばいている。

聖女出現にお祭り騒ぎだった王都は、得体の知れない不安にじわじわと呑み込まれていった。

サヤの住まいは父と協議した結果、まだ城に移せないでいた。

城は入り組んだ場所も多く、どちらかと言えば神殿の方が城よりも警備や見回りがしやすい。

妃教育も神殿で行われ、サヤの気が滅入らないようにと母もたまに足を運んでいる。

聡明なサヤを母は大変気に入っていて、とても可愛がっているようだ。

俺もなるたけサヤを不安にさせたくなくて、時間を見つけては菓子を焼き、会いに行った。

嫌な知らせをサヤに聞かせたくはなかったが、神殿にいてもそういった話は耳に入ってきてしまうようだ。

賊が見つかり麻薬が根絶やしになるよう、毎日祈っていると話をしてくれた。

不穏な空気が王都を包み込んでいくような、もどかしい日々が過ぎていく。

賊の手がかりもはっきりと摑めない中、ある情報が飛び込んできた。

王都から少し離れた古い空《あ》き屋敷に、見かけない怪しげな男たちが出入りしているという。

たまたま近くに生家があるメイドが里帰りの際に目撃し、親からも『少し前から人が出入りしているようだ』と話を聞いて、すぐに衛兵へ情報を寄せてくれたのだ。

その屋敷にすぐにでも乗り込んで詳細を確かめたかったが、まずは偵察を向かわせた。

単に家をなくした人間が、勝手に住み着いている可能性も捨て切れない。

偵察に向かった者からの報告を待つ間に、問題の屋敷の所有者を調べさせる。屋敷の所有者はロレーヌという年老いた一代男爵で、去年亡くなっていた。

妻には先立たれ子供がいなかったようで、屋敷はそのまま誰にも相続されず、買い手もなく放置されているそうだ。

メイドの話によると、屋敷は王都へと繋がる大通りからは少し外れ、辺りは風除けの森林に囲まれている。ロレーヌ男爵自体も生前気難しい男だったようで、近くに住む者も屋敷には寄りつかなかったという。

「ゼノンはどう思う？　麻薬を売りさばく奴らのアジトになっている可能性が高いと思うのだが……」

「賊にとって、恰好の隠れ家でしょうね。王都を訪れるのに、あの大通りは大変便利です。行商も多いですから、紛れて王都へ入るのは簡単でしょう」

「ブラン氏は？」

「同じく。それに、たとえ屋敷に出入りする男たちを見かけても、睨まれたら声をかけるのは難しい。報復を恐れて、知らないふりを決め込む人間も多いだろう」

ふたりの意見は、納得のいくものだ。

「……機会を見てその屋敷に踏み込み、もし麻薬の証拠を摑めれば全員の身柄を確保できる。それから城への侵入の有無も調べられるだろう。なるたけ男たちが全員揃っている時に踏み込みたい」

麻薬が見つからなかったら、住居侵入の罪で捉えるだけだ。絶対に奴らを逃すまいと、心を強く奮い立たせた。

偵察に出した者のひとりが帰城したのは、それから三日後だ。

屋敷へ出入りする人間の数、風貌、生活形体など、こと細やかに動きを観察してきてくれた。

執務室に護衛騎士たちや衛兵隊長、ブラン氏を集め、偵察の結果を伝えていく。

「屋敷に出入りしている男たちは四人。どこにでもいる平民のような容姿の者もいれば、いかにも荒くれ者といった大男もいるらしい。昼過ぎまで屋敷には動きがなく、夜がふけた頃に二人が馬で王都方面へ向かい、朝になる前に屋敷に戻ってくる」

「動きだすのは、夜だけなんですね」

「そうらしい。馬が二頭しかいないのも関係しているのか、一度に出かけるのはふたりまでだ」

その他には、食料調達のためか昼に一度出かけたきりで、屋敷は静かなものだという。賊に関わる者たちかどうかは判断に迷うが、あの所有者不在の屋敷に勝手に住み着いているのは間違いないようだ。

「偵察の者をまだあちらに残してある。大きな動きがあればその都度知らせるように言ってはあるが、できれば早く全員を捕縛してしまいたい」

「では、不法侵入の罪状をつけて全員引っ張り出しましょうか。二十人隊ほどなら、明日の朝には準備して出発できます」

心強い衛兵隊長の言葉に押され、心が決まる。

「では、明日突入しよう。俺も同行するので、ゼノンも来るように。ブラン氏も同行を頼めるか？」

そう願い出ると、「わかりました」と承諾してくれた。


王都が不穏な空気に包まれ始めてから、俺は前にも増してサヤに会いに行くようになった。何事もないか確認したいし、俺自身がサヤの姿を見て、この腕で抱きしめて安心したかった。

今日も夜になってしまったが、サヤに頼みたいことがあり、同時に顔が見られればと神殿へと向かう。

　サヤは笑顔で迎えてくれた。温かい紅茶を用意してくれて、俺はやっと肩の力を抜くことができた。

　ソファーで隣に座っていたサヤが、労るようにそっと肩に手をかけてくれる。

「明日、王都から少し離れる。怪しげな男たちが住み着いた屋敷があって、ブラン氏や衛兵たちも連れていく。その間、マーレの相手をしてあげて欲しい」

　ブラン氏と聞いて、サヤはぴんときたようだ。

　サヤには、もしかしたら賊の残党がまだアイリス国に潜伏しているかもしれないと伝えてある。

　不安にはさせたくないが、神殿にも人の出入りがある以上は、王都の嫌な話題も伝わってしまうだろう。

　それに、厳重に警備をしているとはいえ、この世に完全はない。だからサヤにも慎重な行動で、自分の身を守って欲しかった。

「では、明日マーレ様がこちらにいらっしゃるのですね。私はここで、マーレ様をお待ちしています」

「ありがとう。また美味しい物を届けさせるよ」

「ありがとうございます。私もマーレ様もノーベルト様が手配してくださるお菓子や料理が大好きなんです」

城の料理人たちは、いつも腕によりをかけて旬の食材を中心に美味しい物を作ってくれる。俺も落ち着いたら、またサヤのために菓子を焼きたいものだ。

束の間の談笑の中、夜風が窓をカタカタと鳴らした。

ふと、ふたりで窓辺に目をやる。

「……風か。明日も晴れるといいが」

カップを置くと、サヤが静かに身を寄せた。細い肩を抱き寄せ、温もりを分かち合う。

「明日は、どうかご無事で帰ってきてください。何時になっても待っています」

「ありがとう。でも、無理はしないように」

サヤは「はい」と可愛く答えて、俺の手を握った。

夜に吹いていた風は、そのまま朝日が昇ったあともやむことはなく、逆に風力が増していた。

埃《ほこり》を含んだ乾いた空気に、次々に連れてこられた軍馬たちが、目をぱちぱちとさせている。

「おはようございます、殿下。今日は珍しく風が強い日になりましたね。こんなのは何年ぶりでしょうか」

衛兵隊長が、ごうごうと鳴る空を見上げる。

「やめばいいのだが、この様子だと一日中こうだろうな」

そのうちに軍馬がすべて揃い、出発の準備が整った。帯刀した騎士や衛兵が目の前で整列する。

「では、今から出発する。偵察からの報告によると、奴らは変わらず屋敷に潜んでいるようだ……必ず全員捕らえるぞ」

思いのほか低くなった声に、その場の空気が引きしまった。

城を出る際、神殿に向かって振り返る。

早くアイリス国のいつもの日常を取り戻し、国民を、サヤを安心させたい。

まずは小さなことでも、その可能性のある芽を潰していこう。

賑やかな王都を出発し、しばらくすると次第に自然が見られ、のどかな風景に変わっていく。

二時間ほど馬を走らせると、目的のロレーヌ邸のそばまでやってきた。

一旦馬を止め、遠目からその佇まいを確認をする。

やはり報告通りに古い屋敷で、修繕されている痕が見られない。合流した偵察の者によると、昨晩は誰も出かけず屋敷にとどまったままだという。

「なら、全員が揃っているな。決して殺すなよ。――では、行こう」

そこからは馬を全力で走らせた。

固く閉ざされた屋敷の正面玄関を破り、騒ぎに気づかれる前にと、間髪入れずに突撃する。もちろん、屋敷の裏側にも数人回り込ませてある。

「ここから半分に分かれよう、俺は二階へ向かう！」

俺の後ろから、ゼノンとブラン氏が剣に手をかけながらついてくる。バタバタと踏み込むたびに、階段に敷かれた赤い絨毯からは埃が舞い上がった。

古い屋敷は防風林があるにもかかわらず強風に煽られ、ギシギシとあちこちから音を立てている。

一気に二階へ駆け上がると、奥の部屋から男がひとり廊下に飛び出してきた。俺たちの姿を見ると慌てて部屋に戻り、鍵をかけた。

出てくるように交渉する時間も惜しい。

「強行突破する。ふたりは後ろに」

ゼノンとブラン氏が一歩引いたのを確認したあと、振り下ろした剣でドアノブを切り落とした。それから、思い切りドアを蹴破る。

古い屋敷だったのが幸いして、思っていたよりも簡単にドアは外れて部屋の中へバタンッと落ちた。

視界に入った部屋は厚いカーテンが締め切られていて薄暗く、妙な臭いが漂っている。

「わぁぁっ」

中にいた男が驚いてあとずさり、テーブルに積まれた何かの乾いた草が薄汚れた床に散らばった。

「……これは、麻薬の元になる草を乾燥させたものだ」

ブラン氏が床に落ちた草を見て言った瞬間、男がどこからか出したナイフを構えて突っ込んできた。

すかさず男を避けて背中を蹴り倒す。無様に床にひっくり返った男からナイフを取り上げると、ゼノンがすぐに押さえつけた。

「ここは頼む。俺は他の部屋を見てくる」

捕らえた男をゼノンとブラン氏に頼み、二階の部屋を端から見て回る。

埃を厚く被ったまま、家具が整然と配置されている、時が止まった部屋ばかりだ。

しかしそのうち、明らかに生活感が漂うひと部屋に行き着いた。乱れたベッド、さっきの麻薬のものらしき妙な臭い、齧《かじ》りかけのパンが床に転がっている。

耳を澄ませると、クローゼットのある方向から荒い息遣いが聞こえてきた。

……見つからないと思っているのか、それとも飛び出す機会を窺っているのか……。

「――まどろっこしい」

クローゼットの前まで行って扉を開け放つと、残されたままの衣類が積まれた中に、大男が立っていた。

あの麻薬をキメたのか、目が座り肩で息をしている。片手には牛や豚を解体する時に使う、斧のようなナイフが構えられていた。

「……ああ～、ずいぶんな色男が来たなぁ。あんたみたいな色男は、切り刻んで鮫の餌にでもしてやろうかなぁ」

真っ黒に日焼けしていて髪は一切なく、身長は二メートルはあるだろうか。ニタァと笑った汚い口元には、前歯がなくなっていた。

「知らないようだが、この国の海には鮫は出ないんだ。残念だったな、お前が言う可愛い鮫が泳ぐ海に帰ってくれないか？」

「はぁ～？　おれはこの国の男どもをぶっ殺しまくって、鮫の餌にして、女どもを片っ端から犯しながら暮らすんだよ……若いのも、年寄りも……聖女もだぁ！」

気性の荒い牛のような男が、勢いをつけて突っ込んでくる。

振りかざしたナイフが鈍く光って、赤く錆びた刃が見えた。

「お前を生かす価値はまったくなさそうだが、聞きたいことが山ほどある。ただ……俺個人としてはこの場でその汚い首をはね飛ばしてやりたい」

――この男は、『聖女』をどうこうしてやると言ったのだ。

息を吐き、手元の剣に集中する。男をかわし、太い男のむき出しの腕に剣の刃を当てると、赤い血が噴き出した。それから全身の力を込めて押し切ると、すぐに皮膚や肉が裂け、男は叫んだ。

「うあぁーッ！　腕が、」

ぼたぼたと床に血を大量に滴らせて、力なくぶら下がるだけの腕を一瞥する。持っていた大きなナイフはガタンっと音を立てて男の足元に転がった。

「いっそ切り落として山にでも放っておこう、もう使い物にはならないだろう？　野生動物の餌にでもなればいいんだが」

「ふ、ふざけんな、畜生ッ、本気でぶっ殺してやる！」

「ああ、そのつもりで来てくれ。その方がもう片方も遠慮なく潰せる」

怒りに震えた男が、よろめきながら再び襲いかかってきた。

この男、自らの恵まれた体格にあぐらをかいて、行動パターンが単純だ。ひたすら力だけで押し切ろうとする。

足元を引っかけると、男は派手にすっ転んだ。さっき切りつけた腕はあらぬ方向に曲がり、男は血で汚れた床でのたうち回る。

声を聞きつけ駆けつけたゼノンにストップをかけられ、男はすぐに捕縛された。もう片方の腕を潰し損ねてしまった。


一階では、ふたりの男が見つかった。

「ノーベルト様……もう少しで殺すところでしたよ。生かして捕らえろとご自分で仰いましたよね」

「あの男は、言ってはいけないことを口にした。だが、殺してはいないだろう？」

「あー……何を言ったか、大体の予想はつきますけどねぇ。死なないように止血をするのが大変なんですよ」

玄関ホールには、縛られた男たちが転がっている。

部屋からは大量の麻薬の原材料が見つかり、王都で売りさばかれた薬と関連性があるだろうとみた。

これから王都から追加の衛兵がやってきて、屋敷全体の調査を行なうことになる。

「……二階の、大男の身体は見たか？」

そばに立つブラン氏に聞くと、静かに頷いた。

「ああ、縛り上げる時に見たところ、豚と雄鶏が腕に彫ってありました。それに錨や星も……あいつは長く海で生きてきたんだろう」

夜会でサヤを襲った男と同じ彫り物……。こいつらはやはり、あの賊の一味である可能性がとても高い。

これで、王都を包んだ不穏な影を拭い去ることができるだろうか。

「もう一度屋敷をくまなく見て回り、他に誰か残っていないかを確認しろ」

「はい！」と衛兵隊長が返事をし、隊員を集め始めた。

その時だ──。

屋敷の玄関の大扉が開き、土埃を含んだ強風が吹き込んできた。

そこに、城に残した騎士が息を切らして飛び込んでくる。

「殿下ッ！　報告申し上げます！　王都のあちこちから大きく火が上がり、聖女様が……っ、聖女様たちが何者かに攫われましたっ！」

転がっている男たちが、「ざまあみろ」と言って笑いだした。

六章

ノーベルト様にブランさんが同行するために、マーレ様も朝からご一緒に登城された。

私と高位神官様のふたりで、神殿の入口で出迎える。

最近の王都では不審な事件が続いたためか、城内の警備にあたる衛兵が増えた。

神殿にももちろんさらに配置され、私が神殿の外に出る時には誰かが必ず付き添ってくれるようになった。

以前なら入口くらいまでならひとりでも許されていたが、今は誰かを呼ばなければ部屋を出ることも難しくなった。

聖女とは、何とも大変だと身をもって知る。しかし私を守ろうとしてくれている皆の方が、もっと神経を張り巡らせ苦労しているだろう。

今朝は礼拝堂で祈りを一緒に捧げた高位神官様が、そのままマーレ様の出迎えにもついてきてくれた。

『サヤー！　おはよう！』

まだ距離はあるが、マーレ様は私の姿を見つけると大きく声を上げて手を振ってくれる。

その後ろからは、ブランさんが歩いてくるのが見えた。

初めてブランさんを城で見かけた時、私は自分の父と同じくらいの歳だと思った。

でもあとからノーベルト様から聞けば、予想よりも十歳は若くて……本当に驚いた。

よく見れば、確かに肌には艶があるし、たまにマーレ様に向ける微笑みは若々しい。

私も手を振り返すと、マーレ様は小走りでやってきて私に抱きついた。

『サヤ、今日はどんな話をする？　刺繍もしましょうよ』

『やった！　私は刺繍が苦手なので、ぜひ教えてください！』

私たちはすっかり仲良くなって、ブランさんが私たちに向けていた警戒心も薄れてきた気がする。

もしかしたらマーレ様が気を使って、そうしてくれているのかもと感じてもいるけれど、一緒に過ごす時間は紛れもなく充実している。

そのまま入口でブランさんと別れたあと、来賓の間で朝食の支度ができるまで早速お喋りを楽しむ。

ふたりで並んでソファーに座り、夜から風が酷かったことを話し始めた。

『知ってる？　今日はブランは、殿下たちと賊が潜んでいるかもしれない屋敷へ行くんですって。久しぶりに馬に乗れるって、ちょっと嬉しそうだった』

『ノーベルト様から少しだけ聞いています。王都から離れた場所にあるらしいと。賊の潜む屋敷だなんて、心配ですよね』

　マーレ様は、あははっと笑う。

『あなたの殿下なら大丈夫よ、あの人は何ていうか……自分が心を寄せた人間以外には冷静だもの。それに剣の腕も確かだって、ブランが言っていたわ』

　剣を振るう人は、交えなくとも実力がわかるのだろうか。

『ブランさんも、お強いのでしょうね』

『あの人は剣の腕も立つけど、主に拳ね。すっごい強いのよ』

　シュッシュッと、マーレ様は拳を作り小さく前に繰り出す。そのおちゃめな仕草が可愛くて、魅力的な彼女から私は目が離せないでいる。

『そういうマーレ様の可愛らしいところに、ブランさんは惹かれているんでしょうね』

　歳の差はあるといっても、ふたりは本当にお似合いだ。

『へへ、サヤにそう言ってもらえて嬉しい。いつか本当にそうなれるように、自分磨きを頑張らなくちゃ！』

マーレ様の言い方が気になって、あれ？と思っていると、それを察したのか、ふふっと笑われてしまった。

『マーレ様？』

『黙っておくのも、もう変よね。あちこちを旅するには、〝夫婦〟ってことにしておいた方が都合がいいの。だからブランとは本当の夫婦じゃないのよ』

びっくりした。だって、ふたりの雰囲気は完全に夫婦で……。

『ええーーっ！　あっ、ご夫婦ではなくて、恋人とか⁉』

ひとり騒いでしまって恥ずかしいけれど、つい聞いてしまった。

朝食の用意を進める侍女が、びくりと小さくこちらを振り返る。ゼルマの言葉で話をしているから内容はわからないだろうけど、大きな声には誰だって驚いてしまう。

「大声を出してごめんなさい。支度を続けて」

侍女は頷いて、また手を動かし始める。

私は息を整えてから、『恋人じゃなくて？』ともう一度聞いてしまった。

『……サヤには……言葉が通じるからか、何でも言ってしまうわ。今までずっと、ブランとふたりきりだったから……だめね』

マーレ様が涙声で語るものだから、私にできること――話を聞くだけでもしようと考えた。

侍女は様子だけで察してくれたのか、そこからは手早く支度を終わらせ頭を下げた。

「ありがとう。何かあったら呼ぶわ」

お礼を伝えると、侍女はニコッと笑って出ていった。

マーレ様はそれから、ぽつりぽつりと話をしてくれた。

ゼルマ国が侵略されるきっかけになったある賊を、マーレ様とブランさんは追っている。

ゼルマは小さな国だった。資源は少なかったが、皆が助け合う平和な国だった。

しかしある賊が麻薬を売りさばき、あっという間にそれが蔓延した。

若者には物足りない、刺激のない国だと思われていたのかもしれないと、マーレ様は俯く。

安い粗悪品の麻薬に浸り、労働意欲を失う若者が溢れた。働き手を失った親世代はカバーしようと無理をして疲れ果て、楽になりたいとつい麻薬に手を出す。

将来の不安、心配事、麻薬からくる恐ろしい幻覚症状……それらを忘れるために、またさらに麻薬に手を出してしまう。

国も何とか取り締まり立て直そうとした矢先に、ゼルマ国は隣国に侵略されて領地としてあっという間に吸収されてしまった。

取り返すことも叶わず、ゼルマの名前は歴史から消えてしまった。

旅を始めた頃は、復讐が目的だった。

マーレ様の護衛騎士だったブランさんは、薬物の蔓延を止められなかった自分の非力さを呪った。

だけどマーレ様は、生き残った者たちが逃げ延びた先で必死に生きる姿を見て、次第に自分の生きる理由を考え始めてしまった。

ずっとずっと賊を追い続け、ふたりきりでどう復讐する？

追うのをやめて静かな生活を送りたいと言ったら、殺された両親やブランさんは自分を薄情だと責めるだろうか……。

そう考える自分が正しいのか、それともおかしいのか。

耳の障害で他国の言葉をなかなか覚えられないマーレ様は、誰にも相談できずにずっと長い間ひとりで考えていた。

ブランさんへの気持ちも真剣で、幸せになって欲しい、自分が幸せにしてあげたいのだと言った。

『……ブランは、奴らに必ず復讐すると言っているわ。アイリス国に来たのは、ブランが仕入れてきた情報で、奴らがここで薬を売りさばくと聞いたから。もちろん、スタイン伯爵のことを思い出したのも理由のひとつだけどね。わたしは……ここで長い旅を終わらせたいと思ってる』

私は……胸が詰まってしまい、励ましも応援もできないでいた。頭に浮かぶどの言葉も、マーレ様を元気づけるものとは違うと感じた。

言葉が出ない代わりに、マーレ様をぎゅうぎゅうに抱きしめる。

マーレ様も、涙を浮かべて抱きしめ返してくれた。

そうしているうちに、やけに外からの人の声が騒がしく、様子がおかしいことに気づいた。

普段、神殿は静かな場所なのだ。

すぐに部屋のドアが、控えめにノックされた。

「お嬢様、外の様子が何だか変なのです。見てまいりますので、部屋から出ないようにお願いします」

ドアの外から侍女に声をかけられ、私は「わかったわ」と返事をした。

『マーレ様、どうやら外の様子がおかしいみたいです。侍女が見に行っているので、一緒にここでお待ちください』

マーレ様はすぐに窓辺に行き、薄いカーテンの隙間から外を覗いた。

『……サヤ、ここから外を見てみて。城内に国民が流れ込んできてる』

私は驚いて、すぐに窓から外を見た。

皆やたらと塀の向こうを気にしているようで、強風に吹かれながら座り込んだり、集まって街の方を指差したりしている。

その方角へ目を向けると、急に真っ黒な煙が大きく立ち昇り始めた。そのうちすぐに、あちらにも、こちらにも煙が上がる。

『もしかして、火事でしょうか。しかもあちこちから火が出ているようです……あっ！あっちからも！』

黙ってカーテンの隙間から外を凝視していたマーレ様のお顔は、真っ青になっていた。

ガタガタ震えだしたマーレ様の肩を抱いて、すぐにしっかりとカーテンを閉めた。

『大丈夫です。ブランさんの代わりに、私がマーレ様を守ります』

『ごめんなさい、ゼルマが侵略された時のことを思い出してしまって……っ』

そう呟くマーレ様の表情は、不安でいっぱいになっていた。

ブランさんが不在の今、私がしっかりしなくちゃと静かに深呼吸を繰り返す。

煙が上がっているのは、城外だ。城には火の手が届かないので、人々が城内に流れ込んでいる。

普段は城門を閉じているが、それが開いたということは火から逃れてきた人たちがあまりにも多かったと考えられる。

今日の強風で火が煽られ、一気に広がっているのだろう。

それにしても、あちこちから一斉に火が出ているのは不自然だ。

アイリス国は葡萄のうまみが凝縮しやすい、乾燥ぎみの土地だ。だからこそ美味しいワインが作れるのだが、そのぶん、火気には厳重すぎるくらい気を配る国。

なのに、同時にあちこちから火が上がるなんてあり得ない。

『とにかく、今外に出るのは危険です』

ざわざわと外から人々の声が聞こえる。不安になるが、頼りたいノーベルト様は王都の外にいる。

でもきっと、城から知らせが行っているはずだから、ブランさんも戻ってくるだろう。

それに、そのうちに国王様や王妃様が避難するようにと、神殿に使いの者を寄越してくれるかもしれない。慌てずに、待つしかない。

——その時、部屋の外から侍女の声がした。

しかし、それから沈黙が続く。

私とマーレ様は、顔を見合わせる。

『……様子を見てきます。マーレ様はソファーから動かないでください』

そっと立ち上がり、ドアのそばで聞き耳を立てると、急に男性の声がした。

「……わっ、どうしたんですかっ。女性が倒れてるぞ。誰かいませんか？」

私は、もしかしたら侍女かもしれないと、急いでドアを開けた。

目の前に飛び込んできたのは、騎士の方々の姿だった。

その足元には侍女が倒れ込んでいる。

「あっ、どうしたのっ⁉」

慌ててしゃがみ込んで侍女を介抱しようとして……騎士の履いたブーツの紐が、だらしなくほどけているのに気づいた。

規則が厳しいとされる騎士が、こんな風にだらしなく紐をほどいたままでいるなんて、あり得ない。

「……あっ」

気を失った侍女の頬は、殴られたかのように赤く腫れ始めていた。

そういえば、騎士たちはあれから黙ったままだ。

恐る恐るゆっくり顔を上げると、にやにやと笑う男たちが私を見下ろしていた――……。

――かすかな煙の臭いで、気がついた。

……手が後ろ手に縛られ、身動きが取れない。

雑穀でも詰められた麻袋が積まれた場所に、寄りかかるような姿勢で座らされていた。

私、どうしたんだっけ……そうだ、部屋を出て……そしたら騎士姿の男たちがいて……。

何かを染み込ませた布切れを嗅がされ、途端に意識が遠のいたのだった。

……っ、マーレ様はっ⁉

一気に意識が浮上して、首を動かして辺りを見回した。

巨大な建物の中には積荷のような物が並んでいる。波の音がして……ここが港に並ぶ倉庫のひとつだとわかった。

『サヤ……大丈夫……？』

私から少し離れた場所に、同じように後ろ手に縛られたマーレ様が座らされていた。

「目が覚めたかい、聖女様」

さっき騎士服を着ていた男が、今は軽装に着替えていて、私たちを見てにやにや笑っていた。

「……ここは、私たちは……？」

大声で泣いて叫ぶのは、得策とは今は思えない。マーレ様も察していたのか、静かに私が気がつくのを待ってくれていたのだろう。

「まさか聖女様がふたりもいるとは思わなかった。ただの噂だと思ってたんだけどな～、儲けた儲けた！」

男はだいぶ機嫌がいいらしく饒舌《じょうぜつ》になっている。

私たちは騒ぎに乗じて攫われ、これから売られるところだろうか。

「火事は……ここは燃えないんですか？」

怖がるように聞いてみると、ははっと笑って男は答えた。

「火をつけたのは、港から離れた場所だ。あっちこっちから火が上がって、面白かったな～。火に迫られた連中が城門の前で騒ぐだろう？　逃げ込む民衆に紛れて入り込んで、騎士を襲って服を奪って、神殿にもぐり込んだのさ。そしたらまんまと聖女が出てきたんだから、これは神の思し召しだわなぁ」

信仰心なんてまるでなさそうな男が、機嫌良くペラペラとことの経緯を話し、ゲラゲラと笑っている。

街に火をつけるなんて、と悔しくて唾を吐きかけてやりたいほど怒りが湧いてくる。

せめて攫うのは、私ひとりだけにして欲しかった。

頭を冷やせ……落ち着いて、逃げ出せるよう隙を探さなくては。

「……なぜ、神殿に私がいると知っていたのですか？」

「簡単だよ。あんなに警備で固めた神殿なんて、『聖女がここにいる』って言ってるようなもんだろう？」

確かにその通りだと、悔しいながら納得してしまった。

しかし、なぜ複数いた男が今はひとりなのか。その答えは、すぐにわかった。

「……ゲホッゲホッ、だめだっ、王都の奴らが港に押し寄せてきてる！　ちくしょう、さっさと海に出ちまえば良かったっ」

乱暴な言葉を使いながら、ふたりの男が倉庫に入り内側から鍵をかけた。

「はぁ～？　そんなの、蹴散らしてでも行こうぜ。船まで行ければこっちのもんだ」

「外出てみろっ、風向きがこっちに変わってきちまって煙だらけだ。おれらが用意した船に無理矢理乗って、逃げるつもりの奴らが待ち構えてるぞ。ああー、馬鹿野郎がっ！」

男たちの中でも意見が分かれているようだ。強行突破は無理、だけど話の様子では港から内地へ戻るのも難しそうだ。

「このまま、火が落ち着くまでここに隠れてるか？」

「いや、強風がこっちに向かって吹いているせいで、火も煙もこっちに向かって広がってきている」

ため息をついたひとりが、私に向かってきた。

「聖女様よぉ～、雨でも何でも降らせて、ちゃちゃっと何とかしてくれよ」

そばへ寄ってきた男に花の痣を指で触られ、嫌悪感で涙が出る。なぞられたあとが、煤《すす》で汚れてしまった。

ねっとりとした視線が、胸元を見ている。それから急に顎を摑まれた。

「へぇー……、なぁ！　売り渡す前に、ちょっとここで遊んじゃだめか？」

「やめとけ、お前が手を出したなんて売主に知られたら価値が下がる。やるなら港を出てからだ。告げ口しないように、よ～く脅してからやるんだぞ？」

男は楽しげにちらちらと私の身体を見ながら離れた。

港を離れたら……想像しただけで吐き気がする。そんな目に遭うのは絶対に嫌だ。どうにか、どうにかしなくてはと焦ってしまう。

今にも泣きそうな顔で私を見るマーレ様には、何とか大丈夫だと目線で答える。全然大丈夫ではないけれど、余計な心配はさせたくない。

「……ここにい続けるのもまずいだろう。聖女が消えたのがバレたら、海路と陸路は真っ先に塞がれる。衛兵にでも見つかってみろ、その場で八つ裂きだ」

港に集まってきている人々の声が、ざわざわとここまで聞こえてきた。

「脱出するなら衛兵がまだ来ていない、今しかない。火と煙がこっちに向いてる間は、衛兵たちも港には近づけないだろう。煙にまかれたら死んじまうからな」

「なら、本当に今だな」

「ああ。船に乗り込んでこようとする奴らは、片っ端から刺して殺しちまえ」

いつの間にか、自分の身体が酷く震えていることに気づいた。

このままでは、本当に船に乗せられてしまう。

そうしたらノーベルト様に一生会えなくなる、ノーベルト様が探せない場所へ売られてしまったら、それこそ死んだ方がマシだ。

でも、今はまだ嘆いている場合ではない。

「……しっかりしろ、私。マーレ様を守らなきゃ」

今この状況で、マーレ様を守ることが私の心の支えになっていた。

マーレ様を守りたいから、冷静になれる。騒げばきっと殴られる。殴られたら、心の大事なものが挫《くじ》かれてしまう。

私の侍女は……あの子は大丈夫だろうか。誰かに見つけてもらえていることを祈るしかない。

足止めされている間に、いよいよ倉庫にも煙がだいぶ充満してきた。ゲホゲホと咳き込むとても苦しく、煙が目に染みる。

マーレ様も、苦しそうに咳をしている。

『……マーレ様、なるたけ姿勢を低くして、煙を吸わないようにしてください』

小さな声でマーレ様に話しかけると、こくりと頷いてくれた。

「じゃあ、行くか。おれがナイフで道を開いていくから、お前らは聖女を抱えてついてこい」

汚い布で猿ぐつわをされ、吐き気がした。それから乱暴に担がれ、倉庫の外に出た。

辺りは、まるで薄暗い夜のようだった。煙は想像以上に港に流れ込んでいて、あちこちに逃げ遅れた人々がしゃがみ込んでいる。

「どけぇっ！　死にてぇのか！」

野太い男の声に、悲鳴とざわめきが起きる。

人々がひしめき合う中、私たちを担いだ、明らかに常人ではない男たち。

自然と視線が集まり、誰かが私の痣を見て叫んだ。

「聖女様だっ！　聖女様がいるぞ！」

わあっと、人々が賊を取り囲む。

賊がすかさずナイフを振り回すと、そのぶんだけ人々はよけるけれど、またすぐにわっと戻ってくる。

係留された木造船は見える場所で波に揺られているのに、避難してきた人々が多すぎてそこまでたどり着けないでいた。

皆が、私やマーレ様をどうにか賊から取り返そうと必死になってくれる。

手を伸ばしてナイフで切られてしまった人、やめろと大声で叫んでくれる人、着ている服を脱ぎ振り回して賊の行く手を邪魔してくれる人……。

立ちはだかる人たちを賊は容赦なく切りつけ、蹴り、威嚇する。

「んーッ！　んーッ！」

必死になってくれる人々の姿に、涙が止まらない。

どうしよう、怪我人をこれ以上増やしたくない！

そう願った時、濃い煙の中から何頭もの馬の足音が聞こえてきた——。

＊＊＊

「殿下ッ！　報告申し上げます！　王都のあちこちから大きく火が上がり、聖女様が……っ、聖女様たちが何者かに攫われましたっ！」

そう報告されたのを聞いた時、心臓を冷たい手でわし摑みにされたかと思った。

床で笑う賊の顔を強く蹴り、黙らせたのはゼノンだった。

「……ノーベルト様、すぐに戻りましょう」

ゼノンは衛兵隊長を呼び、すぐに王都へ戻ると伝えている。

――サヤが、サヤが攫われた？

一番に屋敷を飛び出し、馬まで走り出したのはブラン氏だった。

「聖女様たち、と言っていた。マーレ様も聖女様と一緒に攫われた可能性が高い！　急がないと、海に出られたら奴らは捕まらない！」

「わかってる、すぐに行こう！」

数時間かかる道を、とにかく馬に全速力で走らせた。馬にも乗り手の焦りが伝わっていたのか、休もうとせずに必死に走ってくれた。

王都が近づくと、景色の先にいくつもの黒い煙が上がり、空を覆い尽くさんとするのが見えてきた。

走り抜ける王都は至るところが燃えていて、強風に煽られて港の方へと延焼を続けている。

こんなに酷い火災は、見たことがない。

明らかに人為的な大火災に、腸《はらわた》が煮えくり返る。これは賊のしわざに間違いない。城門を開けさせるために、火災を起こしたのだろう。強風、俺の不在、サヤが住まいを移す前だったこと……そんな偶然が重なり、賊の思い通りにいったことが悔しくてならない。

何かがひとつでも違っていたら……。後悔ばかりが頭を支配するが、今一番に考えないといけないのはサヤのことだ。

恐ろしい目に遭っていないか、怪我をしていないか。想像するだけで胸が痛いほど苦しくなってくる。

「早く、早く……っ！」

そんな中、人々の避難誘導にあたる騎士を見つけ、今わかる状況を報告させた。

「火から逃げる人々が城門に押し寄せ、王のご命令で開放しました。その雪崩込んだ民衆の中に賊が紛れていたようで……服を奪われた騎士が見つかり、聖女様の行方はわかりません！」

予想は当たっていた。

城に戻ればもう少し詳細がわかりそうだが、船で逃げられたら捕まえるのが難しくなる。

焦る気持ちを抑え、人々をよけながら港へ向かった。

倉庫が並ぶ道のあちこちには、うずくまって咳き込む人々。そして風と煙が抜ける先には、群衆が集まっていた。

悲鳴と怒号、「聖女様！」という声が聞こえ、そこに突っ込んでいく。

馬上から、群衆の真ん中で賊らしき男にサヤが担がれているのを見つけた。

全身の血が、沸騰しそうに怒りが湧く。

すぐそばで、同じように担がれたマーレの姿も見えた。賊は三人、ひとりがナイフを振り回し、行く手を阻止しようとしている勇敢な国民に道を開けろと脅しているようだ。

「サヤッ‼」

俺に気づいた群衆からわあっと歓声が上がり、馬が通れるように人々が空間を空けてくれた。

俺は剣を抜き、賊目がけて思い切り突っ込んでいく。

＊　＊　＊

目が潰れそうに染みる煙と、怒号と悲鳴の中――。

「サヤッ‼」

私の名前を叫ぶノーベルト様の声がはっきりと聞こえて、恐怖で固く強張っていた心が少しずつ解けていくのがわかった。

ここまで助けに来てくれたのだと思ったら、涙がボロボロと溢れてきてしまった。

良かった、良かった……！　離れ離れにならずに済んだんだ。

ノーベルト様が来てくださったならと、私も思い切り身をよじって自分でも抵抗を試みる。

「くそっ、暴れるな！」

「んーーっ！」

ノーベルト様の声や、馬が近づいてくる音が聞こえる。

この男、捕らえられたら多分、死罪か同等の罰が待っているだろう。

それを男も察したに違いない。身軽になって逃げるために、私を地面に放り出した。

「くっ！」

縛られている身体ではうまく受け身が取れず、硬い地面に叩きつけられてしまう。

衝撃に声が漏れ、顔が歪む。頭を打たなかったのは幸いだけれど、肩や肘が酷く痛んだ。

その後ですぐ、ノーベルト様の叫ぶ声が聞こえた。

「ブランはそのままマーレを抱えた男を追え！」

「はいっ！」

ああ、お願い、どうか間に合って……！

祈りの中で、私を放り出した男の悲鳴が聞こえた。

集まってきた人々は心配そうにしつつも、むやみに私に触れて抱き起こしてもいいものなのかと困惑の表情を浮かべ、戸惑っている。

すると、ふいに逞しい腕に抱き起こされた。

ノーベルト様だ――！

そう思った瞬間、痛みがやわらぎ、温かい安心感に包まれる。

ノーベルト様は、すぐに猿ぐつわを外してくれて、私が軽く咳き込んでいる間に、手足を拘束していた縄を切ってくれた。

その素早い動作に、見守ってくれていた人々がわっと声を上げる。

きっと涙と煤で汚れているであろう私の頬を、ノーベルト様の優しい手が拭う。

そのノーベルト様のお顔も、煤で少し汚れていた。

アイリス国の大切な王太子様なのに、こんな大火の中、自ら助けに来てくださった。

ノーベルト様は言葉を発することなく、その青い瞳はただ私がここにいることを確かめているようだ。

……たまらなくなってしまった。

その命を危険に晒してまで、私たちを助けにここまで来てくれた……！

「ああ、ノーベルト様……っ！」

周りに人がいるにもかかわらず、私はノーベルト様の首元に抱きついた。

その首筋から汗と煤の匂いがかすかにして、胸がぎゅうっと締めつけられる。

「遅くなって、すまなかった」

そんなことはないと、首をブンブンと横に振る。

「私は大丈夫です、助けに来てくださって、ありがとうございます……っ」

お礼を伝えると、強張っていたノーベルト様のお顔がふっとゆるんだ。

あらためて周りを見渡すと、男が二人、騎士たちに拘束されていた。

「あっ、船が出た！」と叫ぶ人の声がした。すぐに岸壁に目を向けると、古い木造船がまさに今、岸壁から離れていくところだった。

「マーレ様、マーレ様っ‼」

名前を叫んでも、マーレ様の返事はない。ブランさんからもだ。

この群衆の中で、ブランさんの追跡が少し遅れてしまったかもしれない。

もしそうだとしたら……マーレ様はもしかしたら、あの木造船の中に……⁉

その時、疾風のような速さでブランさんが岸壁からその木造船に飛び乗った。

そのままブランさんを乗せて、木造船は速度を出して港を離れていった。

「あの船に、マーレ様が……！」

「ブランが飛び乗っていったから、絶対に大丈夫だ。信じよう」

「でも、ブランさんひとりでは……」

「ブランがマーレを想う気持ちの強さは、そんじょそこらの男では到底敵わない。マーレを必ず取り返す、俺はそう信じている」

私のわからないところで、ノーベルト様とブランさんは何か話でもしたのだろうか。

呆然と消えていきそうな木造船を見つめていたが、ひと際強い風が吹き、悲鳴が上がる。熱風と煙で辺り一面が燻《いぶ》されてしまいそうだ。

皆は低い姿勢を取り、口元に手や布を当てて咳き込んでいる。

港では荷物や船を炎から守るため、船乗りたちが次々と倉庫の積荷を船に移し、沖に出していた。人々は乗せて欲しいと殺到しているようだが、なんせ集まった人数が多すぎて乗せ切れない。

私は力を振り絞り、気合を入れた。

「ここにいる皆さんは、私たちを取り返そうと必死に賊の前に立ちはだかってくれたんです。だから、今度は私が皆を助けます……！」

「サヤには、何か考えがあるのか？」

私は、すぐにこの状況に救いがやってくると、確信していた。

この大火……騒ぎを聞きつければ、必ずここにやってくるはず。

私が背後に立つ大きな倉庫を見上げたその時――。

沖から超大型商船が二隻、港に近づいてきた。商船には、スタイン商会の名前が記されていた。

やっぱり！　よかった……！

思っていた通りの出来事に安堵し、さらに気力が増してきた。

他の船と同じように、倉庫の品物を火の手から守ろうと急いで積みに来たのだろう。

甲板に出てきた船員たちは、王都の大火災に驚き深刻な様子で見つめている。

私が岸壁に駆け寄り、彼らに向かって大きく手を振ると、それに気づいた船員たちが、バタバタと甲板で船を港につける準備に入った。

超大型商船、それが二隻、港につけられた。

「お嬢様っ！　これは一体どうしたんですか⁉」

何度も顔を合わせたことのある船長が、急ぎ足で船から降りてきた。

「荷物を載せに来てくれたのがあなたで、この大型船で良かった……！　倉庫の荷物は諦めて、ここにいる人々を全員船に乗せて欲しいの。そして、煙が届かない沖まで逃げて……お願いします！」

「しかしお嬢様、倉庫の品物を見捨てるとなると、スタイン商会にとってどれだけの損害になるか……」

「人の命は、お金では買い戻せないわ。船長の立場もあるでしょう。なら、スタイン伯爵の娘、サヤ・スタインが命じます。お願い、皆を助けるのを手伝って……！」

「お嬢様……」

「ここにいる皆さんは、私が賊に連れ去られそうになったところを身を挺《てい》して助けてくれたの。荷物の責任は私が持ちます。お父様に頭を下げて、私財をすべて渡して謝罪するわ」

私の私財で賄えるような規模の損害ではないだろう。だけど、こうでも言わなければ立場上、船長は首を縦に振れない。

その間も、煙は酷くなる一方だ。逃げ惑う人々の姿に、船長は「わかりました」と言ってすぐに人々に乗船を促し始めた。

皆は口々にお礼を言い、商船に乗り込んでいく。甲板から私に祈りを捧げる者たちまでいて、命が救われたと称えてくれた。

「ノーベルト様、奥にも煙のせいで身動きが取れない人々がいます。その人たちを船に乗せるのを手伝ってください」

私と船長のやり取りを見守っていたノーベルト様が、力強く頷く。

「……わかった。サヤ、国民のために、ありがとう。ひとりにならないよう、必ず俺と一緒にいてくれ」

「わかりました！」

船員が何人も船から降り、動けなくなった人を運ぶのを手伝ってくれる。

肩を貸して背負い、意識を失っている者は船員と協力して運んでいく。

火はいよいよ倉庫にまで移り、どす黒い煙が立ち昇る。

「……っ、お嬢様！　もうこれ以上船を港につけておくのは危険です！」

自分で動ける人は、全員商船に乗った。動けない人は、協力をして運び入れた。

全員乗せたと言い切りたいが、断言できない。

「わかりました、船を出して！　私はまだ残っている人がいないか、もう少し探してから避難します！」

「え？　しかし……」

船長は驚き、困惑した表情を浮かべている。

でも、逃げ遅れた人を、置き去りにしていくわけにはいかない。

どこかで区切りをつけなければならないと頭ではわかっているけれど、心はここに来た全員を助けたいと叫んでいるのだ。

「ノーベルト様も早く船に乗って、ここから離れてください！」

火にあぶられた熱い空気が、海に向かって吹き出している。

「サヤ、だめだ。サヤも船に乗ってくれ」

「……私は、誰かを残していたとしたら、絶対に後悔します。ノーベルト様は、先に船に乗り込んで逃げてください」

ここで未来の国王になられるノーベルト様を、死なせるわけにはいかない。

しかし、ノーベルト様は私の言うことを聞いてくれない。

熱い空気に銀髪をなびかせながら、私の手を取って真剣な目を向けてきた。

「俺はサヤが攫われたと聞いて、王都へ戻るまで気が気じゃなかったよ。サヤが船に乗るなら一緒に乗る。残るなら、俺も一緒だ」

本気の目だ。今から無理矢理にでもノーベルト様だけを船に乗せるのは無理だろう。

「……私は、残ります」

「決まったな。船長！　すぐに船を出してくれ、サヤには俺がついてる。いざとなったら抱えて海に飛び込む！」

その心強い言葉を聞いて、私を残していくことに躊躇《ちゅうちょ》していた船長が、ついに折れてくれた。

「わかりました。おい！　今すぐ救助艇を下ろせ！」

商船から手漕ぎの小さな船が下ろされ、流されていかないよう、すぐにロープで係留される。

「いざという時には、あのボートを使ってください。お嬢様を、どうぞよろしくお願いいたします」

船長は頭を下げて、船に乗り込んでいった。

甲板からは、私やノーベルト様が船に乗らないことに泣きだし、「聖女様！」「王太子様っ！」と叫ぶ者たちの声が響いてくる。

しかし一刻を争う中、船が沖に向かうのを見届けている時間はない。

ノーベルト様はすぐにこちらに視線を移し、口を開いた。

「ギリギリまで捜索を続けて、視界がもう利かなくなったら俺たちもボートで離れよう」

「わかりました。あの……一緒に残ってくださって、ありがとうございます」

ノーベルト様は頷き上着を脱いで、私に着せてくれた。

むき出しだった腕や肩が、上着のおかげで熱い風から守られた。

ノーベルト様は「絶対に離れないように」と言って、私の手を強くしっかりと握ってくれた。

倉庫の中身は大体が輸入した雑穀や小麦だ。

一度火がつけば、たちまち炎が広がり燃え尽くすまで収まらないだろう。それほど炎の威力はすさまじかった。

轟々と音を立てて、端の倉庫が燃え始めた。火の粉を払いながら捜索をしていると、子供の泣き声がかすかに聞こえてきた。

「えっ、どこっ、どこなの⁉　今、子供の声がしました……！」

「ああ、俺にも聞こえた。サヤの言った通り、取り残された人がいたようだな」

煙がさらに充満する中、必死に目を凝らし、手探りで声がした方へ進む。

目に見え、肌で感じる火や煙――。それらの強い『死』の気配に、一歩進むたび心臓が激しく波打つ。

火が自分についてしまったら、あるいは煙を大量に吸い込んでしまったら……？

それでも……怖いけれど、かすかに声を発した子供を死なせたくない！

耳を澄ませると、屋根が燃え始めた倉庫の扉の向こうから再び声が聞こえた。

鍵が壊れた扉を開けると、中には気を失った女性と四、五歳くらいの男の子が取り残されていた。

飛び込んできた私たちを見て、男の子は一瞬驚いて固まったが、すぐに泣きだした。

「おかあさん、おかあさん！」

「助けに来たよ、もう大丈夫だからね」

子供のそばに倒れている女性は煙を吸ってしまったのか、何度呼びかけても意識を取り戻さない。

幼い子供はこの状況に、完全にパニックになっている。それはもう怖かったに違いない。

自分の目の前で、母親が意識を失い動かなくなってしまったのだから。

私の両親は無事だろうかと心配になったが、きっと大丈夫だと信じることにした。

すぐに子供と同じ目線になるようにしゃがみ込み、泣き叫ぶ彼を抱き寄せた。

男の子はもがき、バタバタと泣いて暴れる。

「うん、この子は目立ったケガもなく元気そうです」

きっとここまで、お母さんが必死にこの子を守って逃げてきたのだろう。それを想像すると、じわりと涙が出てきてしまった。

「俺は母親の方を背負おう。怪我はしていないようだな。きっと煙に包まれて、子供だけでもどうにかしようと倉庫に飛び込んだんだ」

女性はそこで、気を失ってしまったのだろう。

「ゲホッ、急ごう。もう一秒も長居はできない」

すでに火の手はそこまで迫っていて、辺りはもう濃い煙に覆われていた。

「はいっ」

ノーベルト様は母親を背負い、私は暴れる子供を抱き上げた。外に出ると、視界はほとんど見えなくなっていた。

風が強いのに、煙が流れていかない。それほど、もうあちこちの倉庫が燃え始めているのだ。

「……っ、あっ」

気をつけていたのに、煙を思ったより吸い込んでしまった。急に息が苦しくなり、子供を抱いたままその場で座り込んでしまった。

「ゲホッ、ゲホッ……苦しい」

一度咳き込んでしまうと、今度はなかなか止まらない。

新鮮な空気なんてないので、いつまでも息が整わない。

「大丈夫か？　煙を吸ってしまったか。子供をこちらへ……サヤは上着で口を覆って」

ノーベルト様は背中に母親を背負い、片腕で子供を抱き、私の手を握って進む。

熱くて頭がくらくらして苦しいけれど、ここで倒れるわけにはいかない。

私がここで倒れたら、ノーベルト様はどうにか私を助けようとして、きっと火と煙に包まれ四人とも死んでしまうから。

そうならないようにすることだけが、今足を前に進める理由だ。なのに、進んでいるのにいつまでも煙の少ない開けた場所に出ない。

「サヤ、大丈夫か?」

「……ノーベルト様は、ゲホッ」

「……すまない、少しだけ、一度だけ……」

そう言うと、ノーベルト様は背負っていた母親を下ろすと、どさりと全体重を預けるように建物の壁に寄りかかって座った。

「ノーベルト様っ!」

大切な人の不穏な状況に、ズキンと胸に大きな衝撃が走る。

背の高いノーベルト様は、私よりずっと煙を吸ってしまい苦しかったに違いない。

まだ煙の薄い地べたに母親を寝かせ、子供をノーベルト様から預かった。

「ちょっと休めば、また立ち上がれるから……」

「全然大丈夫じゃないです、ああ、どうしようっ」

「その上着を、この子と頭に被って……急げ」

ノーベルト様が私に着せてくれた上着を脱ぎ、私と子供の頭を覆うように被ると、そのままノーベルト様に引き寄せられた。

相変わらずの強風が火と煙を煽るが、一瞬だけ新鮮な空気も運んでくる。煙で先が見えないけれど、ここは風の通り道になっているようだ。

とどまった建物は、幸運なことにレンガだった。屋根は燃えるかもしれないが、全体に火が回ることはないだろう。

何とかしなくちゃ、私がここにノーベルト様をとどめてしまったのだ。

ノーベルト様が激しく咳き込む。私はしっかり抱きとめられたノーベルト様の腕の中でもがいて頭を出した。

苦しそうなのに、ノーベルト様は心配をかけまいと、無理に私に笑った。

私は……大切な人がこんなになっているのに、何もできない自分が恨めしくなった。

――何が聖女なのだ。

愛する人が目の前で苦しんでいるのに、助けられない。そもそも、私のせいでノーベルト様はここに残ったのに。それなのに、無力な私は助けられない……。

「私、悔しいです……聖女だって認められたのに、ノーベルト様もこの子たちも守れない！」

「いや、サヤはさっきたくさんの人を船に乗せて沖へ逃がした。皆が……サヤに感謝していた。俺は、そんなサヤの夫になれることが嬉しいよ」

「火が上がれば、うちの船はきっと荷物を積みに来ると、わかっていたんです……！」

「俺は誇らしかった……。サヤはなんて勇気ある女性なんだと、サヤが聖女でなく普通の女の子だったとしても、人々を救う行動ができる人だと確信した」

そう言うと、ノーベルト様はふっと静かに目を閉じてしまった。

心臓がドキン、と嫌な音を立てる。

「え、やだ、目を開けて、お願いします……！」

そう話しかけ願っても、閉じられた瞳は開かない。ただ、小さく唇が動く。

「……サヤと子供だけでも、先に逃げろ。風が吹く方向が変わらなければ、海は向こう。おろしてくれたボートが繋いであるから、それに乗って……」

力なく上げられた腕が、風が流れる先を指した。

「ノーベルト様を置いて行けるわけ、ないじゃないですか……っ」

先に行けと言われて私は自分の無力さを思い知り、奥歯を嚙みしめる。

「……私が奇跡を起こせるような聖女だったら……」

「……サヤはそのままでも、立派な聖女だよ」

そう言ってくれたノーベルト様のその声に、もう力はなく、瞳も閉じられたままだ。

このままでは、ノーベルト様も子供も母親も死んでしまう。

……いいえ、死んでしまうなんて悲観している場合じゃない。

こんなところで死なせたりなんてしない、絶対に私が助ける――！

そう覚悟を決めたら、不思議と全身から力がみなぎってきた。

なぜだか、今なら発した声が天上まで届くと確信できる。

私はしっかりと、その場に立ち上がった。

そうして煙に覆われた空を見上げ、その遥か空の上のアイリス様を思う。

「……サヤ？」

何かを察したのか、ノーベルト様が私の名前を呼ぶ。

私はありったけの力を振り絞って、お腹の底から声を張り上げ空に向かって叫んだ。

「……何が聖女ですか、大事な人も守れないのに……アイリス様！　私を聖女にしたなら、任命責任を取ってください！　たった一度でいいから、奇跡をください！　私のノーベルト様と、アイリスの国民を助けて……っ！」

そう、叫んだ瞬間だった――。

煙の奥からわずかに届いていた陽光がまたたく間に失われていき、辺りがさらに暗くなる。よく見えないが、空全体が雲に覆われているようだ。

そして突然、頭上で何本もの稲光が走ったと思ったら、雷鳴が聞こえて……。

――ポツリ。

「……あ、雨が……！」

頭にひとつ、雨粒が落ちてきたと思ったら。

水を張った桶をひっくり返したような、ものすごい豪雨が突然降りだした。

雨は肌を突き破るのではないかと思うくらいの勢いで、ザァァァァァァ――と大きな音を立てて降り注ぐ。

「まさか、本当に……？」

「サヤ……一体何をしたんだ!?」

さっきまで目を閉じていたノーベルト様が、大雨の音にかき消されないよう声を上げた。

煙は雨で散らされ、ほとんど見えていなかった視界が開けていく。そして、燃え盛っていた炎も勢いをなくしていく……。

豪雨は業火をあっという間に消していき、やがて小雨になった。雲が割れ、光が再び差し込み始め、細やかな雨粒を新鮮な空気の中でキラキラと輝かせる。

すくなった。
まだ火災のあとの焦げた臭いは強くするけれど、煙が霧散したぶん、かなり呼吸がしや
さっきまで空を覆っていた真っ黒な雲は、爽やかな風に吹かれ、散り散りになって消え
ていく。そのあとに現れた青空には、大きな虹が二重にかかっていた。
言葉で表すのが難しいほど、とても神々しい景色だ。
沖から商船が戻ってきているのか、海の方向から人々の歓声が聞こえてくる。
頭のてっぺんからつま先までびっしょり濡れた姿で、呆けたように私を見るノーベルト
様と子供に、私はぽろりと言葉をこぼした。
「奇跡……もらっちゃいました」
本当に、奇跡が起きた……。
アイリス様は、ノーベルト様も国民も、奇跡を起こして助けてくださった。
失ったものはあるけれど、これ以上の被害を食い止められた。
私は空に向かって、感謝を込めて叫ぶ。
「アイリス様ー！　ありがとうございます！」

＊　＊　＊

賊によるつけ火で、王都はかなりの被害を負った。

住宅、商店、倉庫など、生活に強く関わる場所を中心に、王都の五分の一ほどを焼失してしまった。

裁きを待つ間、生きて捕らえた賊は全員地下牢に収監した。

また、あの時に助けた母子は何とか無事で、母親のほうも快方に向かっているそうだ。

復興にはかなりの時間がかかるだろうと覚悟していたが、近隣国から支援の申し出が相次いだ。

アイリス国は豊かな国であったので、今までは困窮する他国を支援することがほとんどだった。そのお返しとばかりに、友好国からたくさんの物資や人員が送られてきて、大変助けられた。

そのことでサヤが感謝をすると、各国で突然清らかな泉が湧き出したと大騒ぎになった。

『聖女サヤの泉』などと命名され、神聖な泉として国家で管理されていると聞く。

「これで、聖女を攫ってまで欲しいという国は減りますかね?」

執務室で今後の復興について計画を立てていると、そばにいたゼノンが疑問を口にする。

「そうだな、確かに泉が突然湧き出す奇跡が起きたんだ。逆に、神罰を恐れて聖女に手を出す奴らも減るだろう」

「あの泉って、どうして急に湧き出したんでしょうね。もしかしたら、水脈はひとつに繋がっていて、何かの拍子に同時に湧き出したとか……？」

そんなことは、普通ならほぼあり得ないことだ。それこそ『奇跡』なのだが、サヤは気づいていないようだ。

あの海でマーレを追ったブランは、賊を半殺しにして船を奪い、豪雨の中、港まで戻ってきた。

俺は今回の一件で思うところがあり、ブラン氏に登城をお願いした。

執務室でブラン氏と対面し、俺は温めていた話を切り出す。

「良かったら、というか、ぜひお願いしたい話がある。アイリス国は、他国の軍艦ばかり製造していて、自国では軍艦を持っていないのだが、今回の件で必要だと痛感した。だからこれからは何かあった時に国民を助け、守る艦を持とうと思う。ブラン氏には、そのアイリス国初の軍艦の、指揮を頼みたい」

ブラン氏は、正気か？とばかりに目を見開いた。

「アイリス国なら自分以外にも、適任者がいくらでもいるでしょう？」

「いいや。軍艦には、商船を海賊から守る護衛としての役割もある。俺はもう、賊には容赦するつもりはない。商船を襲ってくるなら、土手っ腹に大砲をお見舞いして海賊船を沈めてしまってもいいくらいだ。だから、誰よりも賊を知り、誰よりも……賊を許さない心を持つ容赦のない人間に任せたいんだ」

それにはブラン氏が適任だと思う。

「国際問題になるのでは？」

「過剰防衛がか？　アイリス国が賊に火をつけられたことを知る人間なら、そんな馬鹿なことは言いださないさ……沈めたくないか？　海賊船を」

にっと笑うと、ブラン氏はこちらの提案にかなり気持ちが傾いてきているような表情を浮かべた。

「受けてくれるなら、ブラン氏には爵位と屋敷を用意しよう。今回の件ではかなり助けてもらったからな。これは国王も同意見だ。……もうこの辺りで、長い旅を終わらせないか？」

ブラン氏は、言葉を詰まらせた。

「とはいっても、軍艦ができるまで数年はかかるだろう。その間の住まい、そして仕事を用意するから、ゆっくり考えて欲しい」

そう伝えると、ブラン氏は「まいった」と言い、笑顔を見せた。

七章

『聖女サヤ』と呼ばれると、正直くすぐったい。

大火を消した大雨だって、あれはアイリス様が助けてくださったものだ。

それにスタイン商会の商船が港に来たのも、燃える倉庫から荷物を運び出すためだ。

あれだけの大火なら、必ず空の商船が倉庫の荷物の回収に、急いでやってくるとわかっていた。

それが今回、超大型商船だったのは、本当に幸運だった。

国民が、私がいると元気になると言ってくれるのが嬉しい。

何もできない私だから、せめて朝晩のアイリス様へのお祈りは誠心誠意を込めている。

そこに旦那様であるノーベルト様もご一緒してくださるので、幸せな気持ちで祈ることができる。

大火から一年後。私たちは国民に盛大に祝われ結婚することができた。

この結婚は、復興の証だとも言われている。

王都にはまだ大火の傷跡が残っているけれど、皆は前を向いて日々の暮らしを送っている。

マーレ様とブランさんは、国王様が用意した屋敷で暮らしている。

おふたりはアイリス国に落ち着き、正式にご夫婦になられた。

ささやかな結婚式を挙げ、マーレ様は嬉しそうに、ブランさんは照れて笑っていた。

ブランさんが仕事に行っている間、マーレ様はゆっくりと語学の勉強をされている。

その先生は、私がお世話になったマナーの先生だ。実は先生の親族にも耳の不自由な方がいて、その方は身振り手振りの他に補助的に手を使った会話をする。

家族や知り合いだけに通じる簡単な、それぞれに意味を持たせた手の形でだ。

先生はそれを習得していて、その話をずっと前に聞いたことを思い出したのだ。

先生に、マーレ様を会わせたい。先生なら、マーレ様に合わせた語学の勉強の進め方ができるんじゃないかと思ったのだ。

先生は、自分はマナー講師なので語学を教えるのはと戸惑ったが、すぐにマーレ様の明るさや人柄を前に首を縦に振ってくれた。

私も最初はふたりの間でやりとりの補助をしていたが、マーレ様の学習意欲は凄まじく、先生とのコミニュケーションを円滑にするためと、あっという間に手での会話を覚えてしまった。

そうなると、今度は先生と直接手での会話ができる。マーレ様はとても嬉しそうで、そのお顔を見て今度は私が手での会話を習得しなくては、と強く思ったほどだ。

マーレ様は語学を習得しながら、いつかアイリス国に耳に障害がある人がゆっくりと学べる、小さな学校を作りたいと言ってくれた。

障害があってコミュニケーションを取れず孤独を抱えている人々と話ができるように、国で統一した手を使った単語や言葉を作り、それを広めたいのだそうだ。

ご自身が、その先生になりたいと……。

それに私も先生も大賛成で、マーレ様を心から応援したいと思った。

カーラはあのあと辺境へ嫁ぎ、旦那様と相談して大きな孤児院を建てた。

大火で両親を失った子供たちを引き取り育てながら、毎日美味しいご飯をお腹いっぱいになるまで振る舞っていると手紙をくれた。

ミランダはモグラの王子様のお話を書き終え、二作目の執筆に取りかかっている。

今回は児童文学で、カーラの孤児院の子供たちが読める楽しい本にしたいと張り切っている。

その合間に作った紙芝居が子供たちに大好評だったようで、反応が良かったとカーラから手紙が届き、照れてしまったそうだ。

ミランダの元へはララからも手紙が届き、あれから療養先で順調に回復している。サヤにとても感謝していると綴られていたと教えてくれた。

ふたりは、かたちは変わったけれど夢を叶えた。

――私の夢は……やはり思わぬかたちで、ノーベルト様が叶えてくださった。

今、私たちはアイリス国から遠く離れた砂漠の国で、ラクダを見ている。

砂漠の国では、暑さに強く荷物を運ぶのに最適なラクダがたくさん飼育されている。

宮殿で飼育されている何頭ものラクダを、砂漠の国の王子直々の案内で見学させてもらっている最中だ。

ここで飼育されているラクダは、特に大きく美しい個体が多いそうだ。

砂漠の砂風から瞳を守るためか、バサバサとした羨ましいほど長いまつ毛をしている。

「わ、本物だ！　本物のラクダですよ！」

「馬に似ているけど、体つきが違うな。背中も膨らんでいる……不思議で見入ってしまう」

ノーベルト様は、まるで子供のようにじっとラクダを見つめている。

『殿下はラクダが気に入ったのかい？　なら一頭贈ろうか？』

『ちょっと聞いてみますね』

私はラクダに夢中なノーベルト様に、『ラクダをいるか』と王子が尋ねていると通訳をした。

ノーベルト様は、「欲しいが、飼育がとても大変そうだ」と残念そうな表情を浮かべた。

私が父の仕事を手伝う夢を諦めたと知ったノーベルト様は、自責の念に長く囚われていたらしい。

何とか私の夢を、近いかたちでも叶えてあげたいとずっと考えてくださっていた。

それがこれ、外交だ。

『将来国王、王妃になったら、なかなか簡単に国外には出られなくなる。だからサヤ、今のうちに世界中を巡ろう！』

とんでもない提案だったが、父から言わせればなかなかいい話だったらしい。

外交官ではなく、王族が直接会いに来る。

王太子が政治的な話をし、帯同した王太子妃がそれを通訳する。それは相当珍しく、きっと世界でも初めてだろうと。

そして私が『聖女』であることが、さらなるメリットをもたらす。

そちらに訪れたいと申し出れば、一度は会ってみたいと喜んで迎えてくれる国は多いだろうと背中を押してくれた。

父が友好国を選び、その中から行きたい国を選んだ。

砂漠の国と氷の国。まずはずっと憧れていた正反対のふたつの国をノーベルト様と相談して新婚旅行先へと選んだ。

国賓として迎えられた方が安全面でもだいぶいいと聞き、それに従う。スリルを楽しむには、私はまだまったく旅慣れていないからだ。

外交を兼ねた新婚旅行に、私は毎日ドキドキが止まらない。

アイリス国からついてきてくれた外交に長《た》けた貴族たちの協力もあり、旅は大きな問題も起きず順調に進んでいる。

砂漠の国では、大きなオアシスのそばに宮殿が建っていた。

宝石の一大生産地だけあり、宮殿ではそれらが装飾にふんだんに使われている。また、ひと際私の目を引くのは、モザイクタイルを敷きつめた美しい壁や床だ。

モザイクタイルで宮殿の壁一面に描かれた砂漠の国の歴史、動物、天の国の物語……圧巻の美しさに、言葉が出ない。

いつまでも眺めていたい、父から聞いて憧れていた光景だ。

「すごいですね……、圧巻です。感激で言葉になりません」

じわりと、涙まで出てきてしまった。

案内された宮殿の応接間は、ひと際繊細で凝った空間になっていた。

壁にタイルで描かれた色彩豊かな海の、ほんの小さな波の飛沫にまで色が溢れている。

生きてきて、こんなにも視覚が色に覆われたことはない。

「ああ、これは見応えがある。タイルという物は美しいな。それに砂漠の国は絨毯も有名なんだ。時間をかけて、染色した絹や羊毛、綿で模様を織り込んでいる」

「もしかして、宮殿の壁にかけられていたものも？」

「そう。この国の絨毯は美術的価値もあるので、あんな風に飾られたりするようだよ」

ふたりでゆっくりと素晴らしい光景を眺めていると、足元に小さな子供が飛び込んできた。

『サヤ〜』

『皇女様、ご機嫌いかがですか？』

砂漠の国の八番目の幼い皇女様、シーム様だ。三歳のシーム様は好奇心旺盛で、私たちが宮殿にやってきてから毎日会いに来てくれる。

褐色の肌に大きな瞳がチャーミングだ。

『でんか、こんにちは』

挨拶などの言葉なら聞き取れるノーベルト様が、シーム様に挨拶を返す。

『こんにちは、シーム皇女』

シーム様はノーベルト様が砂漠の国の言葉で返してくれたのが嬉しかったようで、私の足元に抱きついてきた。

実は昨晩、ノーベルト様に頼まれて挨拶の練習をしたのだ。

お付きの女性たちが引き離そうと焦るが、私は『シーム様の好きにさせてあげてください』と話した。

「シーム様、ノーベルト様とお話ができて嬉しそうですね」

「俺も、ものすごく嬉しい。言葉がこうやって通じる感覚は何とも例えがたいな」

興奮して嬉しそうなノーベルト様に、私もとても嬉しくなった。

砂漠の国の王には、この訪問が新婚旅行も兼ねていることを知らせてある。

だからか、日中は視察や貿易などの話を進めるのが中心になるが、夜になれば毎晩お祭りのようにもてなしてくださる。

豚を一匹丸ごと焼いたもの、魚の煮込みやスープ、甘い果実酒など宴のご馳走が並ぶ。

私は癖のある香辛料がとても気に入って、ご飯が美味しくて仕方がない。

それにノーベルト様は、お茶の時間に出された牛乳の入った砂糖たっぷりの熱い紅茶や、ピリッとした香辛料が入った焼き菓子に興味津々のようだ。

砂漠の国は、昼と夜の寒暖差が激しい。

夜になり上着を羽織ってオアシスまで散歩に出ると、空からこぼれ落ちそうな満天の星空に圧倒される。

「夜空には、こんなにも星がひしめき合っていたんですね。アイリスとはまた違った見え方になるのが不思議です」

「砂漠の国は宮殿の周りに建物が少ないから、明かりの影響を受けないのかもな。アイリスは夜もあちこちに明かりがついているから、空が霞《かす》んでしまうのかもしれない」

『昼は昼、夜は夜』という、明暗がはっきりとした世界……。広がる砂漠は青い月明かりに照らされて、まるでここが月の表面のようで幻想的だ。

風に乗って、宮殿から音楽や笑い声がかすかに聞こえてくる。

私は、ノーベルト様の腕にしがみついた。

「私たち……アイリス国とはずいぶん遠く離れたところまできましたね」

異国の空気に触れると、ふとアイリス国のことを思い出す。

皆は、どうしているだろうか。何か起きてもすぐには帰れない異国だけど、同じ空が続いている。

アイリス国が恋しいと思う気持ちが、見上げた星空を余計に綺麗に見せた。

「ふと寂しい気持ちになる時もあるけど、隣にノーベルト様がいてくれるのがたまらなく嬉しいです」

ノーベルト様とたくさんの経験をして、同じ景色を見て、美味しいご飯を食べる。

「叶えたかった夢の隣に、ノーベルト様がいてくださるのが嬉しいんです。ありがとうございます」

「俺も、サヤの夢が叶うところを見られて嬉しいよ。俺の言葉を通訳してくれる姿、頼もしくて安心して交渉ができる。これからもよろしく、サヤ」

私は返事の代わりに、ノーベルト様に思い切り抱きついた。


オアシスのそばに用意してもらった、来賓のための広く美しい部屋。

そこには水音と、我慢しても漏れてしまう私の喘ぎ声が落ちる。

湯浴みのあとに着ていた絹のガウンは、とっくにベッドの下に二枚重なって落ちていた。

「あ……あぁ……っ」

豪華なベッドの上で、私はノーベルト様に大きく足を開かされていた。つけていた下着も早々に脱がされ、きっとガウンの上にでも落ちているだろう。

内腿の柔らかい肉にノーベルト様の舌が這わされ、合間に甘噛みをされている。

天窓の明かり取りから、月光が部屋を青く静かに照らす。

「……ッ、あんっ！　歯が当たるの、気持ちいい……」

「甘噛みが好きなんだな」

「ノーベルト様に、食べられちゃうかもって感覚が、好きなんです……やぁッ」

内腿、それにわざと花芽のそばに舌が触れるたびに、ひくひくと蜜口から愛液が溢れてしまう。

快感で腰が浮いて逃げてしまうのを、ノーベルト様の大きく熱い手で押さえつけられるのも……好き。

「……サヤのここも、素直に濡れて……大好きだよ」

ねっとりと唾液で湿ったノーベルト様の舌が、すでに快感を期待して硬く敏感になっていた花芽を這い、身体が跳ねた。

「あぁッ！　あっ、やぁ……ッ！」

何度抱かれても恥ずかしいのに、ノーベルト様の指や舌で愛撫されると、私の身体はすぐに熱く淫らになってしまう。

ノーベルト様も、「サヤのを舐めるのが好きだ」と言って欲を隠したりしない。

今までだって実は、馬車の中やドレスを着たままで……ノーベルト様は嬉しそうに私の足を開き、舌で翻弄するのを楽しんでいる。

私は声を我慢するのが、本当に大変なのだ。

「今夜は満足するまでじっくり舐め尽くしたいんだ……いいだろうか？」

「いつも、あんなに時間をかけてるのに……あっ、あんっ！　満足されてなかったんですか？」

「いや。いつも味わい尽くして満足しているが……今夜は大満足がしたい」

そう言って、すでに濡れた肉ひだの間を指で撫でた。それからゆっくりと開かれ、硬くなった花芽をむき出しにされてしまった。

ちゅ、と唇を当てられ、びくりと腰が浮いてしまう。

花芽から蜜口までを、ノーベルト様の熱い舌が行ったり来たりを繰り返す。

ぴちゃ、くちゃっという水音を聞くほどに、どんどん淫らな気持ちが昂ってくる。

「……ふ、サヤの花の香りがしてきた。感じてくれてるんだね」

「や、恥ずかしいので、言わないで……っ」

尖った花芽が熱い舌に包まれた。器用に舌で包みしごかれて、ひと際高い嬌声を上げてしまう。

「あ、だめです、……それ、すぐにきちゃうッ、あぁーッ！」

じゅる、じゅ、と敏感になった花芽を啜《すす》られ、舌先で押し潰されて、思わず逃げるように大きく仰け反った。

「逃げないで、もっとサヤを味わいたいんだ」

腰をがしっと、大きな手で固定されてしまった。

口淫は再開され、熟れた果物にしゃぶりつくように肉ひだごと口に含まれたかと思ったら、今度はぴちゃぴちゃと蜜口を舐められ花芽はまた舌で扱かれる。

頭が真っ白になる。

普段はあんなに冷静沈着なノーベルト様が、獣のように欲を満たそうとする。

「だめ、きちゃう、あっ、ひあッ……んーーッ！」

「……ああ、また蜜が溢れた。もったいない」

「――あ、まだ敏感になってるから、吸わなっ、あぁあ……っ！」

あれから何度達しても、腰を掴まれ固定されたまま、またじっくりとねぶられる。

ひくひくと反応してしまう蜜口にも舌を思い切りねじ込まれ、入口の浅いところをかき回される。

ノーベルト様から与えられる快感をすべて拾ってしまうから、達しすぎてつらいのにびりびりと強烈に気持ちが良くなってしまう。

「や、やぁ……もう、だめ……ここ、舐めちゃだめですっ」

「……なら、体勢を変えよう。ここで四つん這いになって、お尻を俺に向けて」

顔から火が出るかと思った。そんな格好、神殿でのあの儀式でしかしたことがない。

「で、できるわけがないじゃないですかっ！」

「俺は、色んなサヤが見たいんだ。ずっと思い出していた……また後ろから舐めたら、きっとサヤも気持ちがいいと思う……だめ？」

だめに決まっている。

四つん這いなんて、今以上に色々丸見えになってしまう。

「それに、サヤの可愛い白くて丸いお尻を……甘噛みしてあげられる」

「えっ」

ぴくりと、反応してしまう。

「例えば、サヤの中をじっくり指でかき回しながら、震えるお尻を甘噛みしてあげられる。

きっと気持ちいいよ」

想像してしまった。絶対に、気持ちがいいに決まっている。背中に走る快楽を想像して、お腹の奥がきゅんきゅん切なくなる。

「……想像したね？　少しだけでもいいから」

「す、少しだけ、ちょっとだけですよ」

恥ずかしさを必死に堪えて、大きなベッドの真ん中で四つん這いになった。

「ああ……いやらしくて、頭がどうにかなりそうだ」

お尻がゆっくりと、大きな手のひらで揉まれる。その、愛おしいものに触れるような手つきが、私の羞恥心を次第に溶かしていく。

視線を陰部に強く感じるたびに、身体は勝手にびくびく跳ねる。

「はぁっ……、ノーベルト様の手、気持ちいい」

「手だけじゃないよ、ほら」

お尻の肉をかぷりと甘噛みされて、快感が体中に走った。膝ががくがくと震える。

「あ、あ、やあっ」

「ふふ、可愛いな。これも、どう？」

さらけ出され濡れた陰部に熱い舌が這わされて、お尻は撫で回された。

長い時間そうされて、私のお腹の奥はうずきっぱなしだ。

今ここに、ノーベルト様のを挿れてもらえたら……想像しただけで、また濡れてしまいそうになる。

「お願い、もう……っ、中に挿れて……っ」

「俺もサヤの中に入りたいと思ってた……おねだりされて、我慢できなくなった」

後ろから覆い被さられ、そのまま蜜口からノーベルト様の硬いものが押し当てられた。

「……っ、おっきい」

「ゆっくり挿れるから、安心して力を抜いていて」

何度か達していた私の中は、敏感になりさらに狭くなっている。そこを少しずつ、ノーベルト様の熱いものが押し広げていく。

何度肌を合わせても、この瞬間だけは身体に力が入ってしまう。

「……サヤ、大丈夫だよ」

耳元で、ノーベルト様が熱い吐息を吐きながら囁く。

ぐぐっと、ノーベルト様の下生えがお尻に触れる。中はびくびく震えて、今動かれたらすぐに刺激を拾ってしまいそうだ。

「……いつもと、違う感じがします……少しでも動いたらっ、あっ、あぁ……っ」

「ちゃんとサヤが受け入れてくれたところ、見えている。赤くて、健気だ」

「や、見ちゃ嫌です」

濡れて繋がっているところに優しく触れられたかと思ったら、すぐにとんっと中を突かれた。

途端にびりびりっと刺激が走り、気持ち良さでぎゅうっと締めつけてしまった。

「ああっ！　あっ、まだ……まだ動かないで……っ！」

目の前と、頭の中がちかちかする。

「……動きたい、気持ち良すぎて、動かないと俺のものがサヤの中で溶けてしまう」

はあっと、熱い息と一緒に、ノーベルト様が「頼む」と懇願する。

私はそんなノーベルト様に、気持ちがさらに昂って頷いた。

腰を摑まれ、慎重にゆっくりと突かれる。内蔵が押し上げられて、甘い喘ぎ声が漏れる。

腰を摑んだ手に力が入った。強く突かないように、ノーベルト様が様子を見ながら進めてくれる、優しい気持ちが伝わってくる。

緊張していた中はとろとろに蕩けて、浅い抽挿を繰り返すノーベルト様のものを逃がすまいと絡みつく。

気持ちいい……もっと欲しい。

れていく。

「奥まで……強くても大丈夫なので、深く欲しいです」

ノーベルト様の動きが止まった。それからすぐに、腰ごとぐーっと熱いものが押し込ま

その力強さに、ノーベルト様の欲を感じて愛おしくなる。

「あ、ああっ、きてる……っ！」

もうこれ以上はいけないところまで届くと、がくりと膝の力が抜けた。

ノーベルト様がへたれた私の腰を掴んで、何度も突き上げてくる。

「ああ、……あぁっ！　……あ、んんッ！」

がくがくと揺さぶられて、ノーベルト様が好きに私を抱いてくれて嬉しくなる。

私に欲を全部晒して、ぶつけて欲しい。

「そのまま、もっと……！　ノーベルト様の、好きに動いて……っ」

嬉しくてそう口にすると、抽挿が止められ、後ろから強く抱きしめられた。

「サヤ、愛してる」

腰が一層打ちつけられて、嬌声が止まらない。

「はぁっ、んん……っ！　きちゃう……っ！」

ノーベルト様と繋がり、突かれている中から、じわじわと上り詰めていく感覚に翻弄さ

れる。

「そのまま……身を任せて……一緒に……っ」

「あ、ふあっ、ああっ……あぁぁっ！」

目の前が真っ白になって、快楽の波に呑み込まれる。中がぎゅうっと締まり、ノーベルト様のものを締め上げる。

「……くっ！」

中でびくびくとノーベルト様のものが震えてからも、二、三度強く奥まで突かれた。

「は……はぁ、はぁ……、息が」

身体から力が抜けて、ベッドへ倒れ込む。

その拍子に、ぬちゅりとノーベルト様のものが抜けた。

息を整えていると、汗を流したノーベルト様から口付けされた。

「ん……ん、ふぁ」

「俺を受け入れてくれてありがとう、サヤ」

「大好きな人ですもの……もう一度、したいです」

首に腕を回すと、ノーベルト様は嬉しそうに笑った。

砂漠の国に滞在して七日目。

今日はラクダに乗って砂漠の先まで行く予定が、一緒にいきたいと言ってくれていたシーム様の姿がない。

『あの、シーム様はどうされてますか？　今日実は約束していて。他にご用事があるのなら構わないのですが』

同行してくれる砂漠の国の外交官に尋ねると、シーム様は微熱があり、今日は静養されるとのことだった。

しかし、『でんかとサヤと行きたい』と、子供らしく駄々をこねて大変だったらしい。

「シーム様は、発熱で今日は同行できないそうです」

「あんなに楽しみにしていたのに。サヤ、砂漠の先まで行くこと、シーム皇女が良くなるまで延期にできないかと伝えてもらえないか？」

あんなに楽しみにしていたシーム様と、できれば一緒に行きたい。延期できないかと伝えると、快く了承してくれた。

一日予定が空いた私たちは、近くの市場を少しだけ見てこようという話になった。

外交官の方の案内でラクダに乗って移動し、賑やかな市場を歩く。

アイリス国とは、まず国民がまとう衣類の色がはっきりと違う。赤、緑、青などの原色が多く、とても華やかだ。

あちこちに甘い紅茶のお店が屋台で出ていて、甘くスパイシーな香りに喉が渇いた。

旅のお土産を見て回り、市場の空気を堪能して宮殿へ戻った。

昼食を済ませ、部屋でノーベルト様と語学の勉強に励む。そして息抜きにオアシスまで散歩をして、本当にラクダをもらったらどうしようかと話し合った。

わいわいと賑わう夕食の席にも、シーム様の姿はなかった。

「シーム様、寝込んでいなければいいのですが……」

「心配だな。あとで様子を聞いてみよう」

シーム様のお付きの女性を見かけたら聞いてみよう。そう考えていたけれど、結局会えることはなかった。

すっかり夜もふけた頃だ。

部屋でノーベルト様と今日の市場の話をしていると、アイリス国の外交官が慌てた様子で訪ねてきた。

「どうした、何かあったのか？」

ノーベルト様が対応すると、外交官が「実は……」と話し始めた。

「シーム皇女様が高熱を出し、身体をびくびくと震えさせているのだそうです。宮殿の医師はあいにく今、国王と一緒に別の宮殿に行っており、アイリス国から帯同した医師に診てもらえないかと相談がありまして」

アイリス国からは、外交官の他にお医者様も帯同してきていた。

「わかった。すぐに医師の部屋へ行って連れてきてくれ。俺たちも様子を見たいのだが、その許可を取ってきてくれないか？」

外交官はすぐに、部屋をあとにした。

それから十分ほどして、お医者様と同行することが許された。

「私も通訳のお手伝いをします。何でも言ってください」

そう外交官とお医者様に伝えた。

シーム様の部屋の前では、シーム様のお兄様やお姉様だろうか。子供たちが心配そうに集まっていた。

『お願い、シームを助けて』

『まだ小さいの、死なせないで』

次々に訴えかけてくる。ノーベルト様は子供の目線になるようにしゃがみ、『だいじょうぶ』と言葉にした。

子供たちはぱあっと表情を明るくし、『ありがとう』『お願い』と繰り返した。

たくさんのぬいぐるみが飾られた可愛らしい部屋。

ベッドでは、シーム様が真っ赤な顔をして目を閉じていた。

アイリス国の外交官がシーム様のお母様から様子を聞き、お医者様に伝えている。私もノーベルト様に通訳をする。

「……シーム様は、今朝は微熱だったようです。それが夕方になりぐったりされ、高熱から……身体を縮こませるような……？」

「縮こませる？」

ノーベルト様が、何か引っかかったように言葉にした。

ベッドで苦しげに呼吸していたシーム様が、突然手足を突っ張って固くした。

「これは、熱性の痙攣《けいれん》を起こしている」

お医者様はそう言って、水分を吐き出したシーム様の顔をすぐに横に向けた。

声を上げて驚き嘆くお母様に、私は自分の知っている熱性痙攣の話をすぐにした。

『落ち着いてください、大丈夫です。子供の高熱には、まれにこういったことがあると聞いています。顔を横にしたのは、吐いた物が喉に詰まらないようにするためです』

『ああ、シームが死んでしまったらどうしましょう！』

『今は、できる限りのことをしましょう』

お医者様はシーム様が手足を突っ張る時間を懐中時計ではかっているようだ。

「……ノーベルト様。これは子供を専門に診る医者も呼んだ方がいいかもしれません。痙攣している時間の長さが気になります。もし繰り返すようなら……成長しても突然痙攣を起こす後遺症が残る場合があります」

お医者様はそう言って、シーム様を見た。

「……それはまずいな」

「私は、お母様に今のお話を伝えます」

私の申し出に、ノーベルト様は頷く。

「では、すぐにこの話をここの外交官か責任者に伝えて、子供の医者の手配を早急に頼んで欲しい」

アイリス国の外交官は「はい！」と言い、すぐに部屋を飛び出した。

オロオロと私たちの会話を聞いていたお母様に、説明を始める。

『すぐに子供も診られるお医者様を呼んだ方がいいそうです。場合によっては、後遺症が残ってしまう場合もあるそうです』

シーム様のお母様は、ううっと絶望したように顔を歪めた。

『今の時間帯は砂漠に猛獣や賊が出る可能性が大いにあるから、誰も出歩いたりはできないの』

呼びかけに答えないシーム様のそばに寄り添って、お母様はついに泣き崩れた。

私はお母様の言葉を、ノーベルト様に伝えた。

「……わかった。なら俺が行こう」

「えっ、ノーベルト様がですか？　無茶です、危ないです！」

ノーベルト様は、私の目をまっすぐに見て言った。

「俺が、動物や賊に負けると思うか？」

ノーベルト様は、とても強い。

剣術に長けているのも、十分に理解している。

言いだしたら、聞かないところもだ。

「……わかりました。お母様にそうお伝えします。でも絶対に、絶対に戻ってきてください！　絶対にですよ！」

「わかってる。必ず戻るから、俺を信じて待っていてくれ」

自信に溢れる青い瞳に、私を港まで助けに来てくださった時のことを思い出した。

もうだめだと思った時、ノーベルト様は来てくれたのだ。

私はすぐに、泣き暮れるお母様に話をした。半信半疑だったようだが、ノーベルト様が外交官を通じて馬と剣を用意させているのを見て驚いている。

『どうしてそこまでしてくれるの……だって彼は、王太子様でしょう?』

『そういう性分なんです。それに、シーム様とラクダに乗るのを楽しみにしてるんですよ』

お母様は私の話に、またわっと涙を流した。

そうしてすぐに、宮殿の護衛とアイリス国の通訳を引き連れて、ノーベルト様は月明かりの砂漠に消えていった。

それから一時間ほどで、お医者様を馬に乗せてノーベルト様が戻ってきた。

お医者様は、すぐにシーム様の診察を始められた。

手早く処置をする姿を、ノーベルト様は心配そうに見つめている。

私も、回復を祈りながら治療を見守った。

連れてきたお医者様の診察で、シーム様はしばらく要観察ということになった。

心配した手足の突っ張りもなくなり、お医者様の診察中には、シーム様は目を開けてお母様を見ていた。

翌朝には熱が下がり始め、食事もできるまでに回復したと聞いた。

ノーベルト様は国王様から感謝の言葉をいただいた。

ついに来た、お別れの日。

シーム様を初め、ご兄弟の皆さんからも『シームを助けてくれてありがとう』とお礼を伝えられた。

『大きくなったら、アイリス国に遊びに行くからね』

『たくさん勉強して、殿下みたいな勇敢な大人になる』

『わたしは言葉の勉強を頑張って、王太子妃様みたいになりたい！』

嬉しい言葉の数々……それをノーベルト様に伝えるたびに涙が出てしまった。

国王様からラクダを好きなだけ連れていけと言われたけれど、それは飼育の準備が整ってから、とノーベルト様が丁重にお断りしていた。

「ラクダの他に、黒豹やオオトカゲ、それに珍しい鳥もくれる勢いだった。あっ、あと貴重な絨毯をくれるそうだ」

「わ、旅の思い出になりますね！」

そんなことを話していると、シーム様が足元に抱きついてきた。

『サヤ、ありがとう。おかあさまが、サヤの、そのお花のおかげもあるっていってた』

大きな瞳から、ぽろぽろ涙をこぼしながら、エーデルワイスの花の痣を指差した。

『でも一番は、病気に負けなかったシーム様ご自身のお力ですよ。頑張りましたね』

そう伝えると、シーム様は涙を拭い、照れくさそうにはにかんだ。

お別れの時間になると、皆さんが見送りに出てきてくれた。

宮殿の前で別れを惜しんでいると、シーム様が『嫌だ』と言ってくれた。

『シーム様。私たち、縁があって繋がったのですから、また必ず会えますよ』

『……っ、ひっく、やくそくだよ』

『はい。約束します。何かその約束の印を残せたらいいのですが……』

そう言った瞬間、足元からじわじわと清らかな水が湧いて出た。

「わっ、何⁉」

それはまったく止まらず、そのうちに懇々と水をたたえ始めた。

そして、見守る皆の前であっという間に小さなオアシスが出来上がった。

澄んだ水をたたえたオアシスの底で、サラサラと砂を押し上げて水が湧いている様子が見える。それを覗き込んだ国王様が、『これが聖女の奇跡か』と息を呑んだ。

『おみずだ！　サヤ、すごいね！　これが奇跡なのね！』

『いえ、水脈が偶然、この真下にあったのかもしれないですよ。オアシスも近いし！』

「俺は偶然とは絶対違うと思うんだ……」

私の隣で、ノーベルト様がボソリと呟いた。

手を振って皆と別れ、迎えに来てくれた馬車に乗り込み、船が停めてある港へと向かう。

「私、もしかしたら水脈を探る才能に目覚めたのかもしれません。この才能を活かして、水が貴重な地域で何か役立つ活動ができるかも」

ノーベルト様は、ふっと目を細めた。

「そういう場所にも、ふたりで行こう。きっとサヤの助けを待っている人がいるだろう」

「はい、ノーベルト様となら、どこへでも行けそうな気がします」

次に目指すは氷の国だ。岩と氷の上に街があり、夜には空にカラフルなカーテンがかかるという。

大好きなノーベルト様と、たくさんの景色を見る。

その景色を眺めるノーベルト様の横顔を、一番そばで見ていられる。

それが幸せで楽しくて嬉しくて、感激したせいでちょっとだけ鼻の奥が痛くなった。

おわり

あとがき

こんにちは、木登と申します。この度はこの作品を手に取ってくださり、本当にありがとうございます。

突然聖女になってしまった女の子と、実はその子にベタ惚れだった青年のお話でしたが、とても楽しく執筆することができました。ＫＲＮ先生が描いてくださったノーベルトやサヤ、マーレやブランが本当に素敵で最高で、テンションがめちゃくちゃ上がりました。ありがとうございます！

担当様、今回もたくさんのアイデアやアドバイスをありがとうございました。今回も安心して楽しく執筆することができました。

そして読者様。少しでも楽しんでいただけたでしょうか。年始から色々と不安になることが続きましたが、ほんのわずかでも癒やしになれていたなら幸いです。

木登

冷徹王太子は初恋の聖女を花嫁に迎えたくてたまらない

～"形だけの結婚"と聞いてましたが⁉～

Vanilla《ヴァニラ》文庫

2024年3月20日　第1刷発行　定価はカバーに表示してあります

著　者　木登　©KINOBORI 2024
装　画　KRN
発行人　鈴木幸辰
発行所　株式会社ハーパーコリンズ・ジャパン
東京都千代田区大手町1-5-1
電話　04-2951-2000（営業）
0570-008091（読者サービス係）
印刷・製本　中央精版印刷株式会社

Printed in Japan ©K.K. HarperCollins Japan 2024 ISBN978-4-596-53923-6